Semillas de deseo

ANNE OLIVER

Editado por HARLEQUIN IBÉRICA, S.A.
Núñez de Balboa, 56
28001 Madrid

I.S.B.N.: 978-84-687-2760-8
Depósito legal: M-6394-2013
Editor responsable: Luis Pugni
Fotomecánica: M.T. Color & Diseño, S.L. Las Rozas (Madrid)
Impresión en Black print CPI (Barcelona)
Fecha impresion para Argentina: 18.11.13
Distribuidor exclusivo para España: LOGISTA
Distribuidor para México: CODIPLYRSA
Distribuidores para Argentina: interior, BERTRAN, S.A.C. Vélez
Sársfield, 1950. Cap. Fed./ Buenos Aires y Gran Buenos Aires,
VACCARO SÁNCHEZ y Cía, S.A.

Capítulo Uno

—Imagínatelo desnudo.

Ellie Rose apenas oyó a su amiga con la música del club nocturno, pero la insinuación y la persona a la que se refería eran inconfundibles. A menos de cinco metros se elevaba un metro ochenta y pico de pura masculinidad. Estaba de espaldas a Ellie, pero su altura, su pelo negro y su delicioso trasero lo hacían destacar entre la multitud que bailaba bajo las luces de neón.

Ellie siempre había tenido debilidad por los traseros duros y bien moldeados.

La multitud se cerró en torno a él y Ellie maldijo su metro sesenta de estatura. Pero de ninguna manera iba a admitir que se lo estaba comiendo con los ojos, tal y como acababa de sugerir su amiga. No hacía mucho que conocía a Sasha, pero por lo que había aprendido de ella no le parecía una mujer que esperase a que los hombres fuesen a seducirla. Era ella quien iba a buscarlos.

—¿Quién? —preguntó con una ignorancia fingida.

Sasha levantó en un brindis su botella de *spritzer* y alzó la voz para hacerse oír.

—Sabes muy bien a quién me refiero. Ese tío de

ahí, el que está con la chica alta con pantalones de cuero. Imagínatelo desnudo, o todavía mejor… imagínate a ti desnuda con él.

Demasiado fácil imaginarlo. Los dos desnudos entre sábanas de satén moradas… salvo por la despampanante morena que se empeñaba en destrozar la fantasía al arrimarse a él para besarlo. Tragó saliva, incómoda, y se dirigió a Sasha con un tono cortante.

–No hemos venido a ligar. Solo estamos aquí para disfrutar de la música.

–Habla por ti –replicó Sasha, llevándose la botella a los labios–. Si quieres escuchar música vete a un musical. Oh, oh… creo que nos está mirando… O mejor dicho, creo que te está mirando a ti –le puso a Ellie la mano en la espalda y la empujó suavemente–. Vamos, esta puede ser tu noche de suerte –se acercó para hablarle al oído–. Pregúntale si tiene algún amigo.

A Ellie empezaron a temblarle las piernas. No quería que fuera su noche de suerte, ¿verdad? No, no quería. Al menos no con un hombre que podía hacerle desear todo lo que no podía tener con alguien como él. Aquel tipo tenía la palabra «mujeriego» escrita en la frente.

Vestía unos pantalones negros y una camisa blanca con el cuello abierto. Su pelo era oscuro, corto y ligeramente en punta, como si acabara de abandonar la cama de su amante. El reloj de platino que ostentaba en la muñeca hacía pensar en una gran fortuna.

4

Las luces parecían destellar al ritmo de sus latidos mientras él se acercaba. Se detuvo a su altura y le clavó la magnética mirada de sus ojos oscuros.

–Hola. ¿Puedo invitarte a una copa?

Su voz la inundó como una capa de chocolate derretido. Levantó su botella, prácticamente vacía.

–Ya tengo una, gracias, y estoy con una amiga… –entonces vio a Sasha meneando las caderas en la pista de baile. Maldita traidora.

–Parece que tu amiga sabe cómo divertirse –repuso él, y siguió brevemente la mirada de Ellie antes de volver a mirarla–. No te había visto antes por aquí.

–Es la primera vez que vengo. No suelo frecuentar este tipo de locales –Sasha la había arrastrado hasta allí en contra de su voluntad, alegando que necesitaba más diversión en su vida.

–Vamos a cambiar eso… –la agarró de la mano–. Baila conmigo.

Un hormigueo le recorrió el brazo y se le concentró en el vientre. La mano de aquel hombre era fuerte, firme y cálida, como sin duda lo sería el resto de su cuerpo. Recordó la fantasía de las sábanas… y a la morena que había estado besándolo minutos antes.

–¿Y tu amiga? –le preguntó secamente. Retiró la mano y se frotó la palma contra el corto vestido negro para aliviar el hormigueo.

Craso error. Al preguntarle por su acompañante le demostraba que había estado observándolo. Y por su forma de sonreír debía de intuir también lo que había estado pensando…

–Yasmine es una colega –le aclaró él sin perder la sonrisa–. Hacía mucho que no la veía. He estado trabajando en Sídney.

Ellie echó un vistazo fugaz detrás de él y vio a una rubia con un top blanco que se lo comía con los ojos, pero ni rastro de Yasmine. O quizá ni siquiera se llamaba Yasmine y le había dado calabazas. No lo conocía. Podría estar mintiéndole, buscando una aventura fácil de una noche. Como todos los que abarrotaban el local, al fin y al cabo.

Todos menos ella.

Su cuerpo ansiaba refutar aquella afirmación, pero consiguió retener las hormonas descontroladas y adoptar un tono frío y neutral.

–¿Eres de Melbourne?

Él asintió.

–Trabajo en muchos proyectos y me muevo con frecuencia de una ciudad a otra. Me llamo Matt, por cierto.

Solo le daba el nombre, no el apellido… Obviamente no quería más que un ligue pasajero. Perfecto. Las relaciones estables y los compromisos siempre terminaban mal, al menos para ella. Se llevó la botella a los labios y apuró los restos de la bebida para aliviar el ardor de la garganta.

–Yo me llamo Ellie.

–¿Y bien, Ellie? ¿Bailamos?

La música cambió a una canción lenta de amor y a Ellie le recorrió un estremecimiento.

Una canción para bailar pegados…

El sudor le empapó los pechos y el labio y se tiró

del cuello del vestido para ventilarse. No le sirvió de nada.

–Preferiría que no, si no te importa… Esto está muy cargado y…

–¿Salimos, entonces? –sugirió él–. Me vendrá bien un poco de aire fresco.

Mucho mejor así, pensó Matt mientras la llevaba hacia la salida con una mano ligeramente posada en su espalda. El calor que desprendía la tela se propagaba por su piel como una corriente de excitación.

De repente, ella se detuvo y se giró para encararlo como un conejito paralizado por los faros de un coche. Matt temió que fuera a cambiar de opinión y se dispuso a convencerla, pero afortunadamente ella se limitó a apuntar el guardarropa.

–Voy… voy a por mi abrigo. Aquí hace calor, pero afuera hace frío.

Matt la vio alejarse hacia el mostrador. Aquella noche no había ido allí en busca de una mujer; tan solo pretendía alejarse un poco del estrés del trabajo. Pero aquella bonita mujer con el pelo corto y lacio lo había cautivado nada más verla. Quizá porque no se parecía en nada a las mujeres con las que salía normalmente.

A Matt le gustaban las mujeres como las construcciones multimillonarias que diseñaba: altas, elegantes, de líneas depuradas y estilosas. Aquella chica era bajita y delicada, aunque con unas curvas muy sugerentes. Le recordaba al algodón de azúcar... dulce, ligero y frágil.

Observó cómo le entregaba el tique a la encargada del guardarropa y bajó la mirada a sus torneadas pantorrillas. El bajo del vestido se le subió por los muslos al inclinarse sobre el mostrador para recoger su abrigo.

Ellie se giró y lo miró con ojos grandes y recelosos. Apartó la mirada, pero enseguida volvió a mirarlo mientras se mordía el labio, y Matt volvió a temer que saliera huyendo.

Anticipándose a aquella posibilidad, fue rápidamente a su encuentro y la agarró por el codo.

—¿Va todo bien?

—¿Por qué lo preguntas?

—Parecías un poco nerviosa.

—¿Ah, sí? —soltó algo parecido a una risa estertórea mientras lo acompañaba a la salida.

Al salir los recibió un soplo de aire helado cargado con el humo del tabaco. Los faroles proyectaban charcos de color sobre las mesas de aluminio y los rebosantes ceniceros. La gente formaba grupos alrededor de las altas estufas de gas, fumando, bebiendo y riendo mientras las parejas ocupaban los lugares oscuros a lo largo del perímetro vallado.

—Esto está mejor —dijo Matt, quitándole la chaqueta de las manos para colocársela sobre los hombros. Era una prenda negra con bordados en los bolsillos. El pelo, cortado a la altura de la barbilla, le acarició suavemente los dedos y una fragancia muy particular le hizo cosquillas en la nariz. No era un perfume, sino más bien un picante olor a frambuesas–. Ahora podemos hablar sin riesgo para nuestras cuerdas vocales –sus ojos lo intrigaban de manera muy tentadora, porque bajo su serena fachada se intuía una pasión salvaje–. Dime, Ellie, si no frecuentas los clubes nocturnos, ¿qué haces para divertirte un sábado por la noche?

–Leo. Sobre todo novelas de ciencia ficción y fantasía –se arrebujó aún más bajo su chaqueta–. Ya sé que suena patético y aburrido comparado con tu estilo de vida, pero… –señaló el cielo tachonado de estrellas–. ¿Nunca te has preguntado qué puede haber ahí arriba?

–Claro –Matt alzó la vista, no al cielo nocturno, sino a la tentadora y esbelta columna que era su cuello–. Pero en estos momentos me doy por satisfecho con lo que tengo aquí abajo, justo delante de mí.

–Oh…

Matt parpadeó con extrañeza. ¿Oh? ¿Eso era todo lo que se le ocurría? Cualquier otra mujer le habría respondido con una sonrisa, una risita tonta o batiendo las pestañas para insinuar que le seguía el juego.

Pero Ellie no. Y sin embargo era inconfundible el destello que latía en sus ojos.

–¿Qué has estado haciendo en Sídney? –le preguntó ella.

–En estos momentos estoy trabajando en un proyecto residencial junto al puerto. ¿Y tú? ¿A qué te dedicas?

–Un poco de esto y de aquello… Me gusta ir de un lado para otro y trabajar de lo que sea.

–Así que te gusta viajar… ¿Has estado en el extranjero?

–Me temo que mis viajes no son tan interesantes… –confesó, riéndose–. Pero sí que conozco todas las poblaciones entre Sídney y Adelaide. No me gusta atarme a ningún sitio –volvió a reírse, aunque su risa sonaba áspera y amarga–. Llámame irresponsable, si quieres.

–Pero supongo que en algún momento querrás instalarte en un sitio y formar una familia…

–Yo no. Soy un espíritu libre. Voy adonde quiero y cuando quiero, y me gusta así.

Matt no estaba tan seguro, viendo la mezcla de emociones que se reflejaban en su rostro.

–Si quiero, puedo comerme una tarta de queso entera. Eso es para mí la libertad –sonrió y en esa ocasión sus ojos brillaron con una picardía que embelesó por completo a Matt.

–Supongo… –corroboró él con otra sonrisa–. Un espíritu libre, ¿eh? –sintió un fuerte hormigueo en los labios ante la posibilidad de saborear los suyos, carnosos y suculentos. Casi podía sentir en la mejilla el dulce calor de su aliento–. Quiero besarte, Ellie… Llevo queriendo hacerlo desde que te vi –y mucho más, pero aún no era el momento de expresarlo.

Ella echó la cabeza hacia atrás, lo miró fijamente y la tensión sexual se desvaneció en una bocanada de aire helado. La lengua de Ellie asomó fugazmente para lamerse los labios y volvió a desaparecer tras una línea fina y apretada.

El cuerpo de Matt protestó dolorosamente. No estaba acostumbrado a que las mujeres lo rechazaran. O tal vez había acertado en sus suposiciones y ella no era un espíritu tan libre como quería hacer creer.

–¿Hay alguien más?

–No.

–¿Entonces…?

Un vaso se hizo añicos contra el suelo a poca distancia de ellos, pero los ojos de Ellie permanecieron fijos en los suyos. Su expresión invitaba a avanzar, pero su actitud lo frenaba. El viento soplaba a lo largo del alto muro de ladrillos, agitando las hojas secas a sus pies y revolviéndole los cabellos a Ellie, tan brillantes como la luna llena.

–Entonces… Hazlo.

La inesperada y jadeante orden disparó la libido de Matt. Cubrió la escasa distancia que los separaba y vio la mezcla de duda y excitación que ardía en sus ojos, antes de que sus labios entraran en contacto.

Fue como probar el primer melocotón maduro del verano. Sabroso, dulce y suave… Un débil murmullo brotó de la garganta de Ellie y reverberó por sus venas como una corriente de miel. La sensación superaba todas sus expectativas. Era como si estuviera balanceándose en lo alto del Puente de la Bahía de Sídney en mitad de una tormenta y sin arnés de seguridad. Levantó la cabeza para mirarla y la vio tan sorprendida como él.

Volvió a besarla y sintió cómo se le disolvía la tensión, igual que la niebla de otoño al salir el sol. La boca de Ellie se relajó y se abrió bajo la suya, y él no dudó en aprovecharse. Le sujetó con suavidad por la mandíbula y se colocó de tal manera que sus cuerpos encajaran en los lugares adecuados. La sintió estremecerse y le introdujo la lengua en busca de su esencia más rica y sabrosa. Ella no opuso la menor resistencia. Su lengua lo recibió con deleite, subió las manos por la camisa de Matt, hasta su desbocado corazón, y luego volvió a bajarlas para rodearle la cintura y pegarse a él, aplastando los pechos contra su torso.

También Matt dejó vagar libremente sus manos. Le acarició el cuello, su colgante en forma de corazón, y metió las manos por dentro de la chaqueta hasta encontrar el escote del vestido. No se detuvo allí, sino que continuó su descenso sobre la parte exterior de los pechos, sus costados, el estrechamiento de la cintura y la pronunciada curva de las caderas. Era perfecta, y él quería más. Mucho más.

Y por la forma en que ella se estaba derritiendo contra él, todo hacía pensar que estaba de suerte.

A Ellie le temblaban tanto las rodillas que le pareció un milagro no desplomarse sobre el pavimento. El pulso le latía frenéticamente y la sangre le hervía en las venas. Lo único que podía pensar era cómo podía permitir que aquel hombre, aquel dios humano que olía de maravilla y que seguramente hacía lo mismo cada noche de la semana con una mujer distinta, la besara hasta hacerle perder la cabeza.

Pero entonces cerró los ojos y la mente a toda interferencia y se dejó llenar por las sensaciones que le provocaban aquellas manos cálidas y fuertes, aquel intenso y ardiente sabor y los crujidos de la tela contra la tela al unirse los cuerpos. Se encontró aferrada a su camisa sin ser consciente de haberlo agarrado. Estaba ardiendo por dentro y no recordaba cuál de los dos había prendido la llama.

Las manos de Matt iniciaron un recorrido más íntimo y atrevido en busca de sus pezones, que se endurecieron como pequeños guijarros contra el corpiño del vestido. Los retorció ligeramente y Ellie jadeó de placer mientras un torrente de humedad le empapaba la entrepierna y se echó hacia delante, impaciente porque él continuara lo que estaba haciendo.

Y él continuó. Sus expertas manos le provocaban remolinos de placer que se concentraban dolorosamente en los rincones secretos de su cuerpo. Frotó el vientre contra la prueba palpable y poderosa de su virilidad y se le escapó un gemido ante el contraste de la dureza masculina y la suavidad de sus formas.

–¿Vives muy lejos de aquí? –murmuró él con la boca pegada al cuello.

Su voz y el mensaje que transmitía la sacaron del trance erótico en el que se había sumido. Abrió los ojos y se encontró ante una oscura silueta, recortada contra la implacable luz de las farolas que se elevaban sobre el muro. La figura de un hombre del que no sabía nada…

El pánico le atenazó la garganta y la acució a soltarse.

—Tengo… tengo que ir al lavabo –se alejó un par de pasos y le dedicó una mueca parecida a una sonrisa–. Enseguida vuelvo.

Volvió a entrar en el abarrotado local y vio a Sasha bailando en la pista, rodeada de hombres. Su amiga le guiñó un ojo por encima del hombro de un chico y dobló el dedo índice… su señal convenida para despedirse en caso de que decidieran marcharse por separado.

Ellie asintió y se abrió camino entre la gente hacia la salida. En la calle aún había bastante tráfico, a pesar de la hora.

Un coche lleno de jóvenes vociferantes pasó junto a la entrada. La música del equipo estéreo casi ahogaba la que salía del club. El aire frío le azotaba el rostro y los brazos desnudos, obligándose a arrebujarse todo lo posible con su chaqueta mientras esperaba que apareciera un taxi.

—Espera, Ellie –dio un respingo al oír la voz detrás de ella, pero no se giró.

No, no, no. Si lo miraba cambiaría de opinión, y no podía arriesgarse. Un beso y un poco de tonteo estaba bien, pero un beso como aquel con un hombre como él, capaz de hacerle perder la cabeza sin levantar un dedo…

Avisó frenéticamente con la mano al taxi que pasaba por delante en aquel momento. El vehículo se detuvo con un chirrido y Ellie se metió rápidamente, cerró la puerta y le ordenó al taxista que se pusiera en marcha.

Pero antes de que el taxista pudiera internarse de nuevo en el tráfico, la puerta volvió a abrirse y Ellie contuvo la respiración. Matt como-se-llamara llenaba el reducido espacio con su fragancia varonil, su sonrisa y su arrebatador carisma.

–Se te ha caído la chaqueta –le dijo, y le puso la prenda en el asiento, junto a ella, sin el menor ademán por subirse al taxi.

–Ah… Gracias –ni siquiera se había percatado de que la prenda se le caía de los hombros.

Se sentía como una estúpida. Él no había hecho nada que ella no quisiera, y ella había actuado como una cobarde y lo había dejado plantado sin una explicación. Para que la situación fuera aún más humillante, la rubia que había estado mirándolo antes lo presenciaba todo desde la entrada del club.

–¿Seguro que no quieres cambiar de idea? –le preguntó él.

–Sí.

–¿Sí, estás segura; o sí, quieres cambiar de idea?

–Ya sabes a lo que me refiero.

Él dejó de sonreír.

–Puede, pero no creo que tú lo sepas –sacó la cartera del bolsillo, la abrió y extrajo una tarjeta de visita negra y dorada–. Cuando cambies de opinión…

Aquellas seguridad y prepotencia eran lo que la

mantenían alejada de hombres como él. Eran peligrosos y adictivos; primero le comían la cabeza, y cuando acababan de divertirse con ella la dejaban con una amarga sensación de vacío y remordimiento.

Ellie no aceptó la tarjeta, y entonces él le agarró la mano con sus dedos largos y cálidos, le volvió la palma hacia arriba, le dio un beso en el centro y luego reemplazó los labios por la tarjeta.

–Hasta que volvamos a vernos –le dijo con toda la arrogancia y seguridad del mundo

A Ellie le abrasaba la palma y cerró los dedos.

–No lo creo.

Pero él se limitó a sonreír y a sacar un billete de cien dólares de la cartera.

–Para el trayecto. Que tengas dulces sueños, Ellie.

Ellie entró en la oscura y tranquila soledad de su minúsculo apartamento, agradecida porque ninguno de los otros inquilinos del edificio la hubiera visto llegar en aquel estado.

Se apoyó en la puerta y dejó escapar un suspiro. Podía oír los frenéticos latidos de su corazón y todavía respiraba entrecortadamente. ¿En qué había estado pensando al permitir que la besara y le tirase los tejos de aquella manera? ¿Y qué iba a hacer con el cuantioso cambio que le había devuelto el taxista?

Cruzó la única habitación de la que se componía el estudio y arrojó la arrugada tarjeta en la mesita de noche, sin mirarla. Encendió la lámpara y se arrojó en la estrecha cama para taparse con la manta rosa. Luego, solo para estar segura, le mandó un mensaje de texto a Sasha para decirle que había llegado a casa… sola, para que Sasha no le respondiera con algún comentario subido de tono.

Se quedó mirando las manchas de humedad en el techo. No quería comprometerse con nadie. Matt había dejado muy claro que su intención solo era tener una breve aventura, pero ¿quién sabía adónde podrían haber conducido una cena y unas cuantas citas?

Era una presa fácil y se implicaba muy fácilmente con las personas. Y cuando la abandonaban se llevaban una parte de ella… Como cuando su padre las abandonó a ella y a su madre, teniendo Ellie tres años. Tres años después su madre y sus abuelos murieron en un accidente de coche. Su padre volvió para ocuparse de ella, pero siguió siendo un alma errante que iba de un lado para otro en busca de trabajo. Al principio fue una emocionante aventura acompañarlo por todo el país, pero Ellie no tardó en convertirse en un estorbo y cuando tenía nueve años su padre volvió a abandonarla, en esa ocasión dejándola en adopción.

Durante su adolescencia tuvo varios novios, y hacía dos años y medio que tuvo su primera relación seria. Sacudió la cabeza contra la almohada y se negó a pensar en Heath, pero los recuerdos la acosaban como lobos hambrientos.

Durante seis meses fueron inseparables y Ellie

llegó a creer que Heath iba en serio, pero no fue así. Resultó que su guapísimo novio inglés tenía un permiso de trabajo caducado y una novia esperándolo en Londres. Le dijo a Ellie que todo había sido genial mientras duró, pero que solo había sido una aventura y que ella debía entenderlo.

Se agarró con fuerza a las sábanas.

Matt como-se-llamara no solo le había prendido una llama en el estómago; había bastado con una mirada y un roce de sus labios para hacerle olvidar todo lo que había aprendido sobre la supervivencia.

No, de ninguna manera. Aquellos días se habían acabado. Nunca más volvería a intimar con un hombre. Nunca más volvería a enamorarse. Y por nada del mundo se arriesgaría a casarse y tener hijos. Matt no podría estar más equivocado al respecto.

–No, Matt como-demonios-te-llames –le dijo al techo–. No cambiaré de opinión.

Capítulo Dos

El martes por la mañana, después de dejar a Belle en el aeropuerto, Matt subió a la planta superior de la enorme mansión de Belle en Melbourne. La casa se mantenía en un estado impecable, salvo el viejo dormitorio de Matt, el cual necesitaba una limpieza a fondo.

Decidió ponerse manos a la obra mientras esperaba a que su misteriosa jardinera llegara al día siguiente. Una tal Eloise. El nombre le recordaba a Ellie y a la noche del sábado. Sabía que ella también lo deseaba, pero debía de tener algún complejo o trauma del que no quería hablar. Algún oscuro secreto oculto tras aquellos ojos color violeta que lo habían cautivado.

Se sacudió el recuerdo de encima, pues tenía otras preocupaciones mucho más acuciantes. Belle nunca le había mencionado a ninguna Eloise hasta la semana anterior, cuando lo llamó por teléfono. Y aquella mañana, cuando la llevó al aeropuerto para que fuera a North Queensland a visitar a Miriam, una mujer a la que Belle no había visto en cincuenta años, se quedó realmente preocupado al ver su expresión.

–Miriam es la hermana de un hombre que conocí una vez –le había explicado cuando lo llamó para preguntarle si podía cuidar la casa mientras ella estaba fuera.

–¿Por qué ahora, después de tantos años, Belle?

–Porque ha ocurrido algo y ella es la única que puede ayudarme a tomar una decisión. Lo siento, Matthew, pero no puedo contarte más. Al menos de momento… Ah, y otra cosa. Mientras yo estoy fuera vendrá a trabajar una jardinera nueva a la que no conoces. Se llama Eloise, y quiero que le eches un ojo.

Matt había accedido. Pero la advertencia que Belle volvió a hacerle camino de la puerta de embarque lo hizo sospechar.

–No lo olvides. Tienes que ser amable con Eloise.

–Siempre soy amable.

–Matthew, te estoy hablando en serio.

Belle era lo más parecido a una madre que Matt había tenido. Hacía más de veinticinco años que la conocía, pero nunca la había visto con aquella expresión de… ¿Miedo? ¿Desesperación? ¿Esperanza?

–Si tanto te preocupa dejarla sola, ¿por qué no le dices que vuelva cuando estés aquí?

–Necesita el trabajo, pero tengo miedo de que se marche.

–Si tanto lo necesita, no creo que se marche.

–No quiero arriesgarme. Es… –frunció el ceño y no terminó la frase–. No la vayas a espantar con tu cara de hombre de negocios, ¿de acuerdo?

–Soy un hombre de negocios. Pero dime, ¿qué tiene de especial esta empleada?

Belle se pasó una mano por sus cortísimos cabellos color caramelo.

–Es complicado… Tengo que hablar con Miriam para tomar una decisión, y necesito que estés aquí para echarle un ojo a… todo –le agarró el brazo–. Prométemelo, Matthew.

–Claro, Belle. Sabes que lo haré.

Ella le mostró su tarjeta de embarque a la azafata.

–Ya sé que tienes preguntas, pero te agradezco que no me presiones en busca de respuestas –lo besó en la mejilla–. Gracias por venir. Creo que te gustará Eloise… y hasta puede que lleguéis a ser amigos. Llegará a la casa mañana. Podrías invitarla a salir y así conocerla mejor…

Matt arqueó las cejas. ¿Qué le estaba sugiriendo Belle realmente? Nunca había sido una casamentera, de modo que le estaba ocultando algo.

–¿Por qué tanta prisa, Belle? Podemos recibir juntos a esta Eloise y hablar de lo que te preocupa.

Ella negó con la cabeza y se puso en la fila de pasajeros para embarcar.

–Solo estaré fuera unos días, Matthew. Te lo explicaré todo cuando vuelva…

Le había dicho que lo telefonearía cuando estuviera preparada. Al menos Matt le había arrancado la promesa de que le enviara un mensaje cuando llegara a su destino, pero las preocupaciones lo acompañaron hasta el dormitorio.

Las cajas se apilaban contra una pared, el tiempo había descolorido la alfombra y la mugre oscurecía las ventanas con parteluces. Pero nada podría apagar los recuerdos de cuando se despertaba en aquella habitación con la luz de la mañana proyectando un arco iris en su edredón de *La guerra de las galaxias*, oliendo el deliciosa aroma del beicon y las tostadas. Belle siempre había insistido en que desayunara bien, a diferencia de su madre biológica, quien no tuvo ningún reparo en largarse por la noche sin dejarle más que una simple nota diciéndole que lo sentía…

Zena Johnson, madre soltera y gogó por las noches, había sido el ama de llaves de Belle hasta que se marchó de la ciudad y dejó a su único hijo con su jefa. Fue la mejor decisión que podía haber tomado, y Matt no le guardaba el menor rencor por ello.

Belle había acogido al niño solitario, introvertido y asustado que nunca llegó a hacer amigos al no quedarse en un mismo lugar el tiempo suficiente, y lo trató y lo quiso como si fuera su propio hijo. Para Matt, Belle se convirtió en su única familia y llegó a adoptar su apellido cuando cumplió los dieciocho años. De eso hacía ya catorce años.

Agarró la primera caja, que contenía los libros de la escuela, para llevarla al contenedor de reciclaje. Pero se le resbaló de las manos y cayó al suelo, derramando su contenido y levantando una nube de polvo que lo cubrió de los pies a la cabeza.

Al parecer, el trabajo iba a llevarle más tiempo del previsto…

Un movimiento al otro lado de la ventana le llamó la atención. Era una mujer que caminaba por el sendero lleno de hojas. Frunció el ceño y se acercó a la ventana para limpiar el cristal con la manga de la camiseta. No, no caminaba… Más bien daba saltitos, como si tuviera unos muelles fijados a la suela de sus desgastadas zapatillas deportivas. O como si una canción se estuviera reproduciendo en su cabeza.

Era joven. Veintipocos años. Era difícil determinar su edad por la gorra negra de béisbol que le ocultaba el pelo y la mitad de la cara. Llevaba una camiseta rosa y un mono de trabajo color caqui con manchas en las rodillas. Del hombro colgaba lo que parecía una mochila con margaritas de colores.

La mujer aminoró el paso y, con el rostro en sombras, abrió la botella de agua y miró la estatua del unicornio que había en el césped. Había algo extrañamente familiar en ella… Matt la siguió con la mirada mientras avanzaba junto a las plantas recortadas en forma de gnomo. ¿Cómo había podido sortear el código de seguridad de la verja? Matt lo había instalado después de que varios intrusos intentaran colarse en la propiedad de Belle. Solo había una manera de entrar y era escalando la valla.

A Matt se le pusieron los pelos de punta. Una joven ágil, de aspecto ingenuo e inofensivo que seguramente estaba sin blanca… el tipo de persona que buscaba aprovecharse de una mujer mayor y confiada que vivía sola.

Bajó rápidamente la escalera y abrió la puerta, pero no vio ni rastro de ella. Fue corriendo hacia la cocina y oteó el jardín desde la puerta. La vio entrando en el viejo cobertizo, semioculto por la hiedra.

Cruzó el césped, todavía mojado por la lluvia de la noche anterior, sin apenas sentir la brisa otoñal que traspasaba su camiseta. Pero sí que percibió el olor que la joven había dejado en el aire. Era una fragancia suave, fresca… y familiar.

La joven estaba inspeccionando las herramientas de jardinería en el cobertizo, de espaldas a él. Descartaba algunas y otras las dejaba en la carretilla de mano mientras tarareaba una melodía desconocida. No debía de medir más de un metro sesenta y era muy delgada. No parecía peligrosa ni amenazadora, pero Matt sabía muy bien que las apariencias podían ser engañosas.

Ellie supo que no estaba sola cuando se oscureció la luz que entraba por la puerta. Un escalofrío le recorrió la espalda, la melodía que estaba tatareando se le atascó en la garganta y se quedó clavada en el sitio. El hecho de que quienquiera que fuese no hubiera hablado le confirmaba que no se trataba de Belle.

Y aquella persona le bloqueaba la única vía de escape. Se le secó la boca y se le aceleraron frenéticamente los latidos. El desconocido era un hombre. Podía sentir la fuerza y la autoridad que emanaban de él. Y el calor que empezaba a abrasarle la espalda le dijo que estaba furioso.

¿Sería un poli? Intentó recordar si había cruzado la calle imprudentemente, pero el cerebro no le respondía. No, no podía ser un poli. Un agente de la ley no se acercaría sigilosamente hasta ella.

Olió el polvo y el sudor. Sin apenas moverse, buscó a tientas con los dedos el mango del rastrillo que yacía en la carretilla junto a su cadera. Lo agarró con ambas manos y se giró velozmente hacia el intruso.

–¡Ni un paso más! –la voz le raspó el paladar como el roce de las hojas secas a sus pies. Para compensar el patético efecto, alzó la cabeza y apuntó con el rastrillo en dirección a la barriga del hombre con la esperanza de que no se percatara de sus temblorosas manos.

El cobertizo no tenía ventanas y lo único que podía ver era su silueta. Era alto y ancho de hombros, y tenía un brazo apoyado en el marco de la puerta. Belle se lamentó de no haber encendido la luz al entrar y le apuntó la entrepierna con el rastrillo.

–Lo usaré si es necesario.

–Me lo imagino.

Su voz, grave y profunda, le resultó familiar e hizo que el corazón le diese otro brinco. Pero en esa ocasión no fue de temor, sino más bien de nerviosismo.

–Ha entrado en una propiedad privada. La señorita McGregor vendrá de un momento a otro. Seguramente ya está llamando a la policía.

–No lo creo –su voz era fría y amenazadora.

–Atrás –dio un paso adelante y giró los dientes del rastrillo hacia arriba para acercarlos peligrosamente a los vaqueros del hombre. Entonces se dio cuenta, demasiado tarde, que el hombre solo tenía que abrir la mano para arrebatarle el arma.

Pero él no intentó quitársela, ni tampoco se echó hacia atrás. Como si estuviera seguro de que ella no llevaría a cabo su amenaza.

—¿Cómo has entrado y qué estás haciendo aquí? —le preguntó él en tono sereno y tranquilo.

—He usado el código que me dio la señorita McGregor. ¿Me ve capaz de escalar una valla de tres metros? Soy la jardinera, ¿y tú quién eres?

—¿La jardinera de Belle?

—Eso he dicho.

—¿Qué le ha pasado a Bob Sheldon?

—Seguirá viniendo para encargarse del trabajo más pesado.

Aquel hombre conocía el nombre de Belle y a su personal. Luego entonces… Ellie relajó un poco los dedos que aferraban el rastrillo.

—No me ha dicho quién es usted.

El hombre dio un paso atrás para que el sol lo iluminara.

—Matt McGregor.

Unos ojos marrones y muy familiares se clavaron en los suyos. Eran los ojos con los que había fantaseado durante las dos últimas noches.

—¿Qué-qué estás haciendo aquí?

Un tic en su mejilla derecha, casi imperceptible, fue la única señal de que la había reconocido. Le quitó el rastrillo de sus dedos sin fuerza y lo dejó caer al suelo.

–Yo debería preguntarte lo mismo... Ellie. ¿O debería llamarte Eloise?

–Ya te lo he dicho. Trabajo aquí. Y Belle es la única que me llama Eloise –se obligó a sostenerle la mirada y entornó los ojos bajo la visera de la gorra. Los mismos ojos, aunque fríos y apagados. La misma boca que la había besado hasta volverla loca. Un temblor la sacudió y los pezones se le pusieron duros al recordarlo.

–Estoy vigilando la casa en ausencia de Belle.

–¿Belle ya se ha marchado? Creía que se marcharía mañana.

–Se fue a las seis de la mañana. Te habrías enterado si hubieras llamado a la puerta.

Ellie lo fulminó con la mirada. De modo que aquel era el guapísimo y multimillonario arquitecto sobrino de Belle...

–Belle suele levantarse tarde –lo informó–. Y a mí me gusta empezar temprano. La veo cuando sale al jardín con su café. Y hoy me he retrasado porque...

–¿Tenías que lavarte el pelo?

¿Cómo podía saberlo? Ellie se llevó inconscientemente la mano a la gorra y suspiró.

–Pues sí. Varias veces, de hecho –pero no le había servido de mucho. Seguía siendo de color rosa.

–Ellie –la pronunciación de su nombre sonó como una piedra rodando sobre una loma cubierta de hierba–. ¿Ellie... qué?

–Ellie Rose.

–¿Es un nombre compuesto?

–Rose es el apellido de mi madre. Mi padre no quería tener hijos, así que mi madre... –se calló. Demasiada información.

–Muy bien, Ellie Rose. Si vienes a la casa...

–¿Cómo? Belle...

–Belle no está. Te lo estoy pidiendo yo –inclinó la cabeza–. Por favor.

–¿Es porque no vine a trabajar el viernes? Fui a un jardín botánico y pensé en recuperar hoy el día de trabajo.

–Ven conmigo –insistió él. Hizo un gesto hacia la casa y Ellie descubrió que, una vez más, se había quedado sin palabras.

Él ya se estaba alejando, y Ellie no pudo evitar fijarse en los vaqueros ceñidos a tu delicioso trasero y fuertes piernas...

¡No! Volvió a entrar en el cobertizo para agarrar su mochila. Otra vez no. Nunca más. Los hombres guapísimos y dominantes no eran su tipo.

Se colgó la mochila al hombro y corrió tras él, retorciendo nerviosamente el botón del tirante izquierdo del mono. El botón se le soltó, Ellie bajó la mirada y un segundo después chocó con la recia y ancha espalda del hombre. El botón se le cayó al suelo y ella se quedó momentáneamente aturdida, mientras él se giraba y la agarraba por los brazos.

–Mi botón... Lo siento –murmuró, él se agachó para buscar el botón en la hierba, ofreciéndole una tentadora imagen de su poderosa espalda y una franja de piel bronceada entre la camiseta y los vaqueros.

Se imaginó recorriendo aquella piel con la uña, y justo entonces él se enderezó con brusquedad, como si supiera lo que ella estaba pensando.

–Gracias –dijo con voz ronca. Intentó sonreír y extendió la mano.

Él no le sonrió ni respondió. Tenía puesta toda la atención en su pelo.

Y ella había estado tan absorta con su espalda y su trasero que se había olvidado de ponerse la gorra. Se la puso rápidamente, con las mejillas tan rosadas como sus cabellos.

–Un tinte barato del supermercado… No importa –nunca más volvería a teñirse el pelo.

–Algodón de azúcar…

Soltó el botón en la palma que ella extendía y se dio la vuelta para seguir andando hacia la puerta de la cocina. Ellie se enganchó el botón en el tirante mientras lo seguía y confío en que aguantara.

La cocina olía a limón, canela y romero. Era una habitación cálida y acogedora. En el alféizar había macetas de plantas aromáticas que Ellie le había regalado a Belle.

–Siéntate –le ordenó él, retirándole una silla de la mesa.

Sus rodillas chocaron al sentarse y él la miró por un breve instante a los ojos, como si también hubiera sentido la descarga eléctrica. Ella puso las piernas a una distancia segura y se retorció las manos bajo la mesa mientras se mordía el labio para no decir nada.

Él apoyó las manos en la mesa y las miró pensativamente antes de mirarla a ella.

—Tengo algunas preguntas…

¿Querría preguntarle por la noche del sábado? ¿Por qué había cambiado de opinión y se había marchado sin darle explicaciones y no lo había llamado?

No, sus ojos no expresaban aquellos interrogantes. Aquello se parecía más a una entrevista de trabajo. Como si no le importara que Belle ya la hubiese contratado.

—Creía que Belle te había hablado de mí.

Mientras hablaba, él sacó una agenda electrónica negra y plateada y empezó a teclear.

—Me temo que no me contó lo suficiente. Lo primero de todo, ¿cómo conseguiste este trabajo?

—Belle se puso en contacto conmigo a través de un anuncio que yo había puesto en el periódico. Me contrató porque soy una jardinera estupenda —se recostó en la silla y se cruzó de brazos—. Eso fue hace un mes, y debe de estar muy contenta conmigo, porque aún sigo aquí.

Él no respondió y se limitó observarla con una mirada fija e impenetrable. En sus ojos no se adivinaba el menor atisbo del calor que la había abrasado el sábado por la noche, pero Ellie no se permitió sentir decepción.

—Esta casa tiene un significado muy especial para mí. Cuando era niña mi madre y yo pasábamos por delante de camino al tranvía, y ella me contaba que la casa había pertenecido a la familia de mi abuelo. Me encantaba… sobre todo la estatua del unicornio que hay en el jardín delantero. Su cuerno era de oro, ¿sabes?

–Sí, lo sé –respondió con una voz tan fría como sus ojos–. ¿Tienes referencias?

–He trabajado en muchos sitios…

–Ah, ya, el espíritu libre –siguió tecleando y a Ellie le escocieron los pezones al recordar el tacto de aquellos dedos–. Así que no tienes referencias. ¿Cuál es tu dirección y número de teléfono?

A Ellie le ardieron aún más las mejillas.

–Oye, no sé qué te importan a ti mis datos personales. Soy la empleada de Belle, no la tuya.

–Belle puede ser muy ingenua, y yo tengo que asegurarme de que nadie intente aprovecharse de ella. ¿Dirección? ¿Número de teléfono?

–Los tiene Belle.

–No puedo contactar con ella, pero si ocurre algo tendré que contactar contigo.

Ella le sostuvo la mirada desafiante y le dio la información solicitada.

–¿Qué días trabajas?

–Miércoles y viernes, y alterno los lunes y los martes, pero…

–Valoro mucho la responsabilidad, y Belle también. Tú misma me dijiste que te eras irresponsable, y eso me hace dudar… Te sugiero que pienses en ello mientras trabajas aquí –se echó hacia atrás. La entrevista había terminado.

Gracias a Dios que no bajó la mirada y que el mono de trabajo le ocultaba los pechos a Ellie, porque su delgada camiseta no habría podido disimular sus pezones, duros y erectos, pidiendo a gritos que volviera a tocarlos.

Entonces él le sonrió igual que había hecho en el club nocturno.

–Y ahora que hemos zanjado ese asunto… –le dijo con la voz profunda y sensual con la que no había dejado de fantasear desde el sábado–. Cena conmigo esta noche.

Capítulo Tres

¿Cenar con él? Ellie lo miró con incredulidad, pero él parecía hablar en serio.

–¿Perdón? ¿Esperas que vaya a cenar contigo?

–¿Por qué no?

–¿Después de este... este interrogatorio?

–Tienes que entender que mi mayor preocupación es Belle. Pero ya hemos aclarado las condiciones de tu trabajo y me doy por satisfecho –agarró una violeta del jarrón que había en el centro de la mesa y la giró entre los dedos–. El asunto profesional está zanjado.

–Pero no el personal. Y si no lo aclaramos acabará interfiriendo.

Él se inclinó hacia ella y le colocó la violeta detrás de la oreja, bajo la gorra.

–Nunca mezcles el placer con los negocios, Ellie.

El estómago le dio un brinco ante el tono íntimo y sensual de su voz. Pero entonces recordó el comentario que le hizo Belle un día, mientras hacían una pausa para el café. «Matthew siempre ha sido un mujeriego», o algo así.

–Creo que voy a esperar hasta que vuelva Belle –dijo con toda la serenidad posible. Puso las manos sobre la mesa y se obligó a mirarlo a los ojos–. Será lo mejor para todos –especialmente para ella–. No creo que la relación de jefe y empleada vaya a funcionar.

–En ese caso, no hay ningún motivo que te impida cenar conmigo, ¿verdad?

Ella negó con la cabeza.

–No puedo cenar contigo.

–Si estás preocupada por tu pelo, podemos cenar aquí.

Ellie se tiró de la visera de la gorra y lo miró con ojos entornados, sin dignarse a responder.

Menuda forma de seducir a una chica…

O quizá solo era así con ella. Seguro que no le diría las mismas cosas al tipo de mujer sofisticada y despampanante a la que estaba acostumbrado. Le había dicho que solo estaba en Melbourne por un par de semanas. El sábado por la noche había salido en busca de una aventura, y si ella no se hubiera marchado habrían acabado en la cama. Y eso sí que habría sido un error garrafal.

Matt estaba decidido a cumplir la promesa que le había hecho a Belle, con o sin el aliciente del placer añadido. Tenía que conseguir que Ellie estuviese contenta con su trabajo y asegurarse de que se quedara. ¿Y qué mejor manera de conseguirlo que estar cerca de ella? Le sonrió y adoptó su tono más persuasivo.

–Solo es una cena, Ellie. Me gustaría disfrutar de tu compañía esta noche.

Ella le sostuvo la mirada sin inmutarse. Sus ojos eran de un fascinante color violáceo salpicado de motas doradas.

—Belle me ha pedido que cuide de su jardinera mientras ella está fuera, y me gustaría poder decirle que así lo he hecho.

—No necesito que nadie me cuide —dijo ella, frunciendo el ceño—. ¿Por qué te pidió tal cosa?

A Matt también le gustaría saberlo.

—Parece que te tiene mucho afecto y no quiere que trabajes sola en la casa. Y como yo iba a estar aquí, me vio como la solución perfecta.

—No importa, porque esta noche trabajo en el Red's Bar. Allí al menos no someten a las empleadas al tercer grado. Me contrataron al momento, sin hacer preguntas.

—El Red's Bar… No es un local de buena reputación, y no está en un barrio muy seguro.

—Algunos de nosotros no podemos ser quisquillosos con el trabajo. Necesitamos dinero contante y sonante para hacer realidad nuestros sueños.

Matt no se molestó en decirle que él había pasado por esa misma situación.

—¿Y cuál es tu sueño, Ellie?

—Montar mi propia empresa de jardinería. Ah, ¿te he dicho que estoy estudiando diseño paisajístico? En módulos, claro, cada vez que puedo permitirme pagar uno. A este ritmo quizá obtenga el título dentro de cincuenta años, más o menos. Por eso necesito el empleo en el Red's Bar.

Diseño paisajístico… Bien, pensó Matt. Era un

trabajo decente. Pero ¿qué clase de trabajo haría en el Red's Bar? ¿Sería ayudante de cocina, camarera...? ¿O tal vez bailaba en una barra, como su madre? Al pensar en ello se le revolvió el estómago, como siempre que se acordaba de su madre. Pero la imagen de Ellie escasamente vestida y girando alrededor de un tubo plateado le provocó otra clase de reacción física...

–¿Atiendes mesas?

–Sí, atiendo las mesas. ¿Qué otra cosa iba a hacer?

–¿Cuánto tiempo llevas trabajando allí?

–Estoy en periodo de prueba, y no vayas a decirme que debería buscarme un trabajo fijo y remunerado. Ahora, si me disculpas, tengo un huerto del que ocuparme –apartó la silla de la mesa con un fuerte chirrido–. Y para que lo sepas, uso el aseo exterior, he traído mi almuerzo y puedo salir yo sola por la verja cuando haya terminado. Estoy segura de que tú también tienes mucho que hacer, así que, no dejes que yo te lo impida.

A Matt le gustó la chispa que ardía en sus ojos. Se adivinaba una pasión contenida y un sinfín de posibilidades, a cada cual más excitante.

–Antes de irme, tenemos que hablar de lo que pasó el sábado por la noche. Como ya he dicho, ignorarlo no servirá de nada.

Ella ahogó un gemido y se miró las manos.

–Solo fue un beso...

A Matt se le escapó un bufido.

–Yo también estaba allí, ¿recuerdas?

–Está bien, fue más que un beso –levantó la mirada hacia él, roja como un tomate–. Fue un error. Eres el sobrino de Belle, Belle es mi jefa y...

–Y vas a reconsiderar si sigues trabajando aquí o no.

–No tengo el menor deseo ni tiempo para complicarme la vida.

–No tiene por qué ser complicado. Se trata de ti, de mí y de la atracción que hay entre ambos. No podría ser más simple...

–Solo quieres pasarlo bien, ¿verdad? Pues claro. Es lo que siempre quieren los hombres como tú.

–¿Los hombres como yo?

–Atractivos, arrogantes y con un ego tan grande como Australia.

Matt la observó fijamente.

–¿No te das cuenta de que estás siendo contradictoria? Dices no querer complicaciones y sin embargo rechazas lo más simple. ¿Qué es lo que quieres realmente, Ellie?

Ella apretó los labios, fue hacia la puerta y la abrió de un tirón. Antes de salir, le lanzó una mirada furiosa por encima del hombro.

–¿Contigo, Matt McGregor? No quiero absolutamente nada.

Una joven muy susceptible, pensó Matt. Y él se iba a divertir mucho conociéndola.

–¿Sabes qué, Ellie Rose? Voy a demostrarte que te equivocas, y créeme... será un placer hacerlo.

Ella cerró con un portazo y él sonrió.

–Sí, un auténtico placer... para ambos.

***

Matt subió en el ascensor de cristal a las oficinas de McGregor Architectural Designs, contemplando la lluvia que caía sobre las calles de Melbourne. Siempre que subía a la planta cuarenta y dos lo invadía un orgullo incomparable. El afamado y premiado recinto de vidrio, metal y vegetación, con sus exuberantes jardines colgantes derramándose a lo largo de doce pisos hasta la piscina del vestíbulo, era su mayor logro. La prueba de que los sueños podían hacerse realidad.

Y la fulminante expansión de la sucursal de Sídney era la prueba de que el éxito cosechaba éxito. Se había dejado la piel en su carrera, y en cierto modo tenía que agradecérselo a Angela. Su examante fue el motivo de que se convirtiera en uno de los arquitectos más prestigiosos de Australia. Cuando ella se cansó su relación y lo abandonó, Matt se volcó en cuerpo y alma en sus proyectos. No le reprochaba a Angela que lo hubiese dejado. Ella se merecía algo mejor que un tipo incapaz de comprometerse, y Matt se alegraba de que hubiera encontrado lo que buscaba en un contable de Victoria.

El proyecto de Sídney estaba casi acabado. Matt confiaba en su equipo de ingenieros para ocuparse de todo y así él podría volver a instalarse en Melbourne en un futuro cercano. La ciudad en la que había crecido. Su único y verdadero hogar.

El ascensor se detuvo silenciosamente y Matt salió a las luminosas oficinas. Joanie Markham, el primer rostro que veían las visitas, levantó la mirada de su mesa y le sonrió por encima de sus gafas de lectura.

—Buenos días, Joanie.

—Buenos días, señor McGregor. No lo esperábamos hoy. ¿No quería la señorita McGregor que se ocupara de algo?

Una imagen de Ellie se coló en su mente, y no la imagen de ella con mono de trabajo, gorra y un rastrillo en la mano. En vez de eso se la imaginó despojándose de su vestido negro y sus tacones de aguja… Definitivamente era algo de lo que debía «ocuparse».

—Señor McGregor, ¿se encuentra bien?

—Sí, sí, muy bien —abrió los ojos al percatarse de que los había cerrado y sonrió con toda la naturalidad posible—. Todo está bajo control.

Se alejó de la recepción y sorteó mesas, tableros de diseño y macetas mientras saludaba al personal.

—Matt.

Se giró al oír la voz de Yasmine. Estaba tan espectacular como siempre, con un ceñido traje gris y su negra melena pulcramente recogida.

—Hola, Yasmine.

El novio de Yasmine trabajaba como geólogo en las minas de Mount Isa, en Queensland, y a veces pasaba varias semanas fuera de casa. Yasmine y Matt habían forjado una sólida amistad y se apoyaban mutuamente cuando alguno tenía un problema. A

Matt no le apetecía hablarle de su problema actual, pero supo que se avecinaba un interrogatorio cuando ella rodeó su mesa y lo acompañó a su despacho, situado en un rincón de la planta y con unas espectaculares vistas de la ciudad.

–¿Qué ocurre, Yaz? –le preguntó al cerrar la puerta tras ella.

–Tú y esa jovencita a la que arrinconaste contra la pared el sábado por la noche… –dijo ella alegremente–. Y a la que luego seguiste corriendo, como si te fuera la vida en ello.

–Yo no corrí tras ella –él jamás perseguía a las mujeres. No tenía necesidad de hacerlo–. Solo me estaba cerciorando de que se subiera sana y salva a un taxi –dejó el portátil sobre la mesa, se quitó la chaqueta y la colgó cuidadosamente en el respaldo del sillón. ¿Era él o la calefacción estaba demasiado alta?–. No hay ninguna ley que lo prohíba, ¿verdad?

Yasmine sentó su elegante trasero en la esquina de la mesa.

–No, pero… que lo hagas tú, siempre tan arrogante y flemático con las mujeres –Matt no respondió, porque no sabía qué decir–. ¿Cómo se llama?

–Ellie –encendió el portátil y tamborileó con los dedos en la mesa mientras se iniciaba la sesión–. ¿Te apetece un café?

–No, gracias. ¿Vas a volver a verla?

–El destino ha querido que trabaje para Belle, de modo que sí, voy a volver a verla.

–El destino… –Yasmine arqueó una ceja–. Eso es algo serio.

–No tanto –repuso Matt–. Solo es una coincidencia.

–De todos los clubes nocturnos de todo Melbourne… Sí, tiene que ser el destino.

–Por amor de Dios, Yaz, déjalo ya.

Yasmine no se dejó intimidar por su ceño fruncido y se cruzó de piernas mientras jugueteaba con la cajita de los clips.

–¿Vas a traerla a la fiesta?

–¿Qué fiesta?

–¿Es que lo has olvidado? Fuiste tú quien dio el visto bueno. El lunes que viene por la noche todos los empleados celebramos una fiesta y aún tenemos que decidir si habrá que ir de etiqueta o disfrazado. Será una recaudación benéfica, y le corresponde al jefe… es decir, a ti, a quién irán a parar los fondos.

Matt gruñó por lo bajo. Alguien le había propuesto la idea en febrero, pero él había estado trabajando casi todo el tiempo en Sídney y se le había olvidado por completo.

–¿Vas a traerla?

–No.

–¿Por qué no?

–No hay nada entre nosotros.

–Ya me he dado cuenta –repuso Yasmine en tono irónico–. Pero tráela de todos modos. Haz que Belle esté contenta.

–Ya veremos –murmuró él, más para zanjar el asunto que por cumplir su promesa–. Ahora, si no te importa, vamos a ocuparnos de asuntos más importantes –abrió un archivo en el ordenador e ignoró la sonrisa de Yasmine–. Ponme al día con el proyecto Dalton.

–Seis cervezas, dos tequilas, un ron y una Coca-Cola –recitó Ellie para sí misma. Colocó las bebidas en la bandeja y se encaminó hacia la mesa llena de tipos escandalosos y vociferantes, deseando que su minifalda negra fuese unos centímetros más larga.

El interior del local apestaba a sudor, loción barata y testosterona. Una bailarina bailaba en una barra al ritmo de una música que dejaba tanto que desear como el pésimo equipo de sonido. Las otras camareras le habían asegurado a Ellie que el martes era un día tranquilo, pero un equipo de fútbol al completo se había presentado después del entrenamiento y se peleaban entre ellos por conseguir un sitio cerca del escenario.

A Ellie le escocía la garganta por el constante esfuerzo que suponía hacerse oír sobre el continuo jaleo. Faltaba una camarera, su amiga Sasha. De momento se las apañaba bien sin ayuda. Unas horas más soportando las lascivas miradas de Sleazy y podría largarse de allí.

–¿Qué te parece si nos tomamos una copa cuando acabes? –le preguntó Sleazy a sus pechos mientras ella servía las bebidas.

–No, gracias –el alcohol lo volvía más atrevido y detestable por momentos.

–Vamos, nena. Lo pasaremos muy bien los dos…

–No lo creo –se giró para marcharse, pero él la

agarró de la muñeca. Ella sacudió el brazo para zafarse y volcó la bebida de Sleazy. El contenido se derramó sobre la mesa y cayó en sus brillantes pantalones de poliéster.

—¿Va todo bien, Ellie? —preguntó una voz profunda y familiar detrás de ella.

Ellie miró por encima del hombro y ahogó un gemido al ver a Matt, invadida por una mezcla de alivio y vergüenza.

—¿Cuánto tiempo llevas aquí?

—El suficiente —se inclinó entonces hacia Sleazy—. Te sugiero que te largues mientras puedas.

Sleazy miró un momento a Ellie y se levantó.

—Pagarás por esto —masculló mientras se sacudía la mancha del pantalón. Sin mirar a Matt, se abrió camino hacia la barra.

—¿Estás bien? —Matt le puso una mano en la espalda, pero ella la apartó antes de hacer una estupidez… como apretarse contra él y ponerse a ronronear.

—Sí. Por favor, deja que siga con mi trabajo.

Él dio un paso atrás.

—Muy bien. Sigue.

Su tono le hizo ver a Ellie que estaba siendo muy antipática y desagradecida. Era un mecanismo de supervivencia, pero tampoco había necesidad de ser grosera.

—¿Te apetece algo de beber? Invita la casa.

—Agua mineral, gracias.

Vio cómo regresaba a una mesa vacía al fondo del local, lejos de las mesas que ella estaba sirviendo, y cómo abría la carpeta que había dejado allí. Volvió a mirarla a los ojos y Ellie sintió un estremecimiento en la espalda. Se estiró la minifalda y fue a la barra a por el agua mineral, pagándola de su propio bolsillo. No recordaba la última vez que alguien había acudido en su rescate, y se dijo una vez más que no necesitaba a nadie, y menos a Matt McGregor. Era una mujer independiente y lo seguiría siendo.

–Hay muchos locales de striptease mejores que este en la ciudad –no pudo evitar decirle cuando le llevó el agua–, como seguro que ya…

–Sí, ya lo sé –la miró con un atisbo de sonrisa y tomó un largo trago–. Pero la noche aún es joven.

Una ola de calor se desató bajo el vientre de Ellie.

–¿Me estás vigilando? ¿Creías que te mentía esta mañana?

–¿Me has mentido, Ellie? –bajó la mirada a sus labios–. Sobre lo que sientes, por ejemplo…

A Ellie se le aceleró el pulso y dio rápidamente un paso atrás, intentando alejarse del aura irresistible que irradiaba aquel hombre.

–¿Por qué habría de hacerlo?

–No lo sé, dímelo tú –tomó otro trago de agua sin dejar de mirarla.

–Oye, no necesito un guardaespaldas ni…

–Fue idea de Belle.

–No creo que quisiera que te entrometieses en mi vida privada.

–Tengo una obligación moral, ya que no me parece que este sea el ambiente más seguro para trabajar. Y lo que acabo de presenciar así lo demuestra.

Ella apartó la mirada y se encontró con la expresión reprobatoria del encargado. Al parecer estaba bien ser acosada y amenazada por los clientes, pero no hablar con ellos.

—Tengo que volver al trabajo.

Matt dejó el vaso, le echó un vistazo a la carpeta y sacó su teléfono móvil.

—Y yo tengo que hacer una llamada.

Durante las dos horas siguientes fue consciente de su presencia en todo momento, aunque cada vez que lo miraba se lo encontraba absorto en sus documentos o hablando por teléfono. En una ocasión lo vio sonreír mientras hablaba y supo que no era una conversación de negocios... a menos que fueran negocios muy divertidos. Pero en cualquier caso no era asunto suyo.

Poco después de medianoche el encargado le pagó y le comunicó que no la contrataría. Le dijo que había recibido la queja de un cliente a quien ella le había tirado la bebida encima después de que él, al parecer, rechazara las supuestas insinuaciones de Ellie. De modo que el encargado le había descontado del salario el importe de la bebida por los daños que el cliente, y no ella, había causado.

Un profundo rencor le hirvió la sangre.

—No fue así como ocurrió —protestó inútilmente. Le echó al encargado una mirada asesina y se abrochó rápidamente el abrigo tras meterse lo poco que le quedaba de la paga en el bolso–. Puedes meterte el asqueroso empleo donde te quepa –le espetó de camino a la salida.

Matt la estaba esperando fuera y se dirigió a ella al verla salir.

–Te acompañaré a tu coche.

Ella lo miró con ojos muy abiertos.

–¿Por qué sigues aquí?

–¿Creías que iba a dejarte sola a estas horas?

–Puedo cuidar de mí misma –dijo ella, subiéndose el cuello del abrigo.

–Claro, claro. Tú sola, a estas horas de la noche, en este barrio de mala muerte… ¿Dónde está tu coche?

–No tengo coche. Y resulta que vivo en este barrio de mala muerte.

A Matt no se le pasó por alto el destello de ira en sus ojos.

–¿Cómo vas a casa?

–En transporte público.

–Tengo el coche ahí mismo. Te llevaré.

–No es…

–La oferta es innegociable –la interrumpió él, y le puso un dedo en los labios para silenciarla.

El calor de su aliento le abrasó el dedo, y una corriente de deseo le recorrió el cuerpo cuando ella entreabrió ligeramente los labios.

–No es negociable, Ellie… –le apretó el labio inferior con el pulgar y vio cómo sus ojos se oscurecían–. Así que vete acostumbrando.

Capítulo Cuatro

Ellie no se movió ni se apartó, ni siquiera cuando un grupo de ruidosos clientes salió cantando y gritando del bar. La brisa nocturna los rodeaba, cargada con el humo de los coches. Una alarma aullaba a lo lejos. Matt quería reemplazar el dedo con su boca y revivir el primer beso.

Casi podía oler el deseo emanando de la piel de Ellie, pero no intentó presionarla y ella terminó por echarse hacia atrás y apartar la mirada.

–A ver si lo adivino –dijo mientras examinaba la fila de coches–. El tuyo es el descapotable de color champán.

–Siento decepcionarte, pero es el pequeño Ford negro. Mi Ferrari está en Sídney –añadió sin poder resistirse.

La carcajada de Ellie fue tan espontánea como inesperada.

–Lo sabía –dijo con una media sonrisa–. ¿Rojo?

–¿Hay otro color para un Ferrari? –le apoyó ligeramente una mano en la espalda y le hizo cruzar la calle.

Ellie se dejó caer en el asiento y deseó que se le serenaran los latidos mientras Matt rodeaba el coche. Había bastado con el roce de su pulgar en el labio para que se le revolucionaran las hormonas. Si no se hubiera detenido... no se atrevía a pensar en lo que podría haber pasado. Él la debilitaba y le hacía desear lo que no podía tener.

Cuando Matt se sentó al volante ella casi había conseguido tranquilizarse y lo dirigió hasta una calle a un kilómetro de distancia. A medida que se acercaban a su apartamento se le fue entrecortando la respiración y formando un nudo en el pecho. Siempre había sabido la pobre opinión que Heath tenía de su anterior apartamento, aunque él nunca la manifestara abiertamente. Como si sus condiciones de vida fueran el reflejo de su valor humano. Tal vez hubiera estado enamorada de él, pero su orgullo y amor propio habían sufrido un duro golpe del que nunca se había recuperado. Y comparado con su vivienda actual, aquel cuchitril había sido un palacio.

¿La juzgaría del mismo modo Matt, el empresario multimillonario?

–Puedes dejarme aquí –le dijo, dispuesta a salir corriendo en cuanto se detuvieran.

–¿Vives aquí? –le preguntó él, deteniendo el coche. Su voz no cambió, pero a Ellie se le apretó aún más el nudo que tenía en el estómago.

–Sí –sabía lo que Matt estaba pensando, y no iba a permitir que la afectara.

Agarró la manija, pero antes de poder darle las gracias y escapar, él se bajó y rodeó el coche.

–No tienes por qué acompañarme a la puerta... Vivo arriba –dijo al bajarse ella también.

—¿Desde cuándo vives aquí?

—Desde hace un par de meses —recordó lo que le había dicho de su Ferrari—. ¿Serviría de algo si te dijera que viví en Toorak? —le preguntó en un patético intento por bromear, mencionando uno de los barrios más exclusivos de Melbourne.

—Solo si te sirve de algo a ti —respondió él sin sonreír.

No, a ella tampoco le servía de nada. Aquellos días habían quedado atrás. Aquel tiempo lejano en el que su vida había sido muy diferente, antes de perder a sus seres queridos.

Pero la voz de Matt sí que le servía de algo. Era suave y serena, como la mansa superficie de un lago que lamía las ásperas rocas de la orilla. Ejercía un efecto balsámico sobre su corazón… hasta que Ellie lo miró a los ojos y vio la amenaza de tormenta. No podía intimar con él. Ni con nadie. Nunca más.

—Gracias por traerme… Y por haberme ayudado en el bar esta noche.

—No hay de qué —no parecía tener prisa por marcharse.

—Te veré mañana.

Él asintió.

—Vas a venir a trabajar a casa… Estupendo.

—No he conseguido el trabajo en el bar, así que no me queda otro remedio.

—No era el trabajo adecuado para ti —había algo en sus ojos. No era compasión. Ella no quería ni necesitaba la compasión. ¿Comprensión, tal vez?

Permaneció donde estaba, mirándolo mientras

él hacia tintinear las llaves del coche. ¿Qué podía entender él de las clases más bajas y desfavorecidas de la sociedad?

—Buenas noches, Ellie —le rozó los labios con los suyos en un beso casto, casi impersonal. Sin la menor insinuación erótica. Nada que le pudiera echar en cara.

Y nada que pudiera provocarle nervios o excitación.

Porque, después de haber visto cómo perdía un trabajo en su primer día y saber dónde vivía... ¿qué otro beso podía ofrecerle?

—Buenas noches —se giró bruscamente y entró en el edificio. Había recorrido la mitad del pasillo comunitario cuando oyó abrirse la puerta de la calle. Miró por encima del hombro y vio la silueta de Matt llenando la entrada. Un estremecimiento la recorrió sin que pudiera evitarlo.

—¿Ocurre algo?

—Claro que ocurre algo —caminó hacia ella, con sus pisadas resonando en el suelo de cemento—. Debería avergonzarme de mí mismo por besarte de esa manera.

Ellie se quedó boquiabierta de asombro y temió que sus frenéticos latidos despertaran a todo el edificio.

—No pasa nada —dijo con voz temblorosa—. No he...

—¿Desde cuándo dejas que un hombre te bese así y se vaya como si nada? —la agarró por los hombros y la hizo caminar hacia atrás hasta chocar con la pared. Tenía el rostro muy cerca del suyo, los ojos le brillaban a la tenue luz de la escalera y las manos le recorrían posesivamente los brazos.

Con la poca fuerza que le quedaba, Ellie se abrazó a su bolso como si fuera un escudo.

–Depende… de quién sea el hombre que me bese –santo Dios, ¿de verdad había dicho eso en voz alta? Una voz débil y aflautada que parecía provenir de otra persona.

Los sensuales labios de Matt se curvaron a medida que se acercaba. Sus vaqueros le rozaron las piernas desnudas. Los muslos de acero se frotaron contra los suyos… y las llamas prendieron en su vientre. Ellie dejó caer los brazos a los costados, quedando el bolso colgado de un hombro.

–Yo soy ese hombre –murmuró él, antes de descender hacia su boca.

Reprimir su respuesta corporal sería como intentar impedir que saliera el sol. Sus labios se abrieron por voluntad propia y todo su cuerpo se estremeció contra él. Las manos subieron a su cintura por sí solas y le agarraron la camisa bajo la chaqueta. Su sabor era exactamente como lo recordaba, pero más intenso, más embriagador, más…

–Disculpa, Ellie… ¿Podrías dejar tus… muestras de afecto para la intimidad?

Ellie se separó tan bruscamente que la cabeza le rebotó contra la pared.

–Eh… hola, señora Green –era la inquilina del apartamento dos, y no parecía muy contenta de encontrárselos delante de su puerta. Ellie se encogió bajo el brazo de Matt y se alejó por el pasillo–. Lo siento.

Matt y Ellie se miraron sin hablar hasta que la puerta de la vecina se cerró y volvieron a quedarse solos. Ellie tuvo tiempo para ordenar sus caóticos pensamientos.

–Es tarde y estoy cansada –consiguió decir sin que le temblara mucho la voz. Y lo dijo en serio. Estaba agotada y no sabía si era por culpa de Matt o por el virus que parecía estar incubando.

Matt, que se había apoyado en la pared, la miró con expresión maliciosa.

–La sugerencia de la señora Green me parece muy acertada…

–A mí no –se irguió y sacó las llaves–. Ha sido un día muy duro. Buenas noches, Matt.

Alcanzó a ver un destello de su sonrisa letal antes de obligarse a subir la escalera.

Algo que le costó mucho más de lo que le hubiera gustado.

Se despertó con un terrible dolor de cabeza cuando el despertador sonó a las siete en punto. Y cuando tragó saliva fue como si tuviera una cuchilla en la garganta. Había dormido toda la noche, y sin embargo se sentía como si no hubiese pegado ojo.

Se levantó con un gemido y un enorme esfuerzo y miró a través del sucio cristal de la ventana. El cielo estaba cubierto de nubes negras, llovía a lo lejos y soplaba un viento frío y lúgubre. Un día ideal para quedarse en la cama y curarse la garganta. Pero no podía permitirse ese lujo, de modo que se tomó un par de analgésicos antes de entrar en el baño. Se metió en la vieja ducha y estuvo tiritando mientras se enjabonaba rápidamente bajo el pobre chorro de agua templada. Seguro que Matt McGregor aún estaba confortablemente arropado en su cama.

Una vez vestida, agarró una barrita de muesli, se colgó la bolsa al hombro y salió a enfrentarse al día ventoso y desapacible. El tranvía estaba atestado y Ellie casi agradeció el aire frío cuando se bajó justo después de las ocho y caminó los últimos minutos hasta la casa de Belle.

Llamó a la puerta trasera para hacerle saber a Matt que había llegado. Cabía la posibilidad de que ya se hubiera marchado a trabajar. O que aún estuviera en la cama y se levantara por su culpa. Despeinado, sin afeitar, con los ojos medio cerrados y gruñendo de disgusto…

–Buenos días, Ellie.

Se giró al oír su voz y se lo encontró vestido con unos vaqueros negros y un jersey color crema que debía de costar más que todo el armario de Ellie. Llevaba el periódico y un cartón de leche, estaba recién afeitado, su olor a jabón de sándalo impregnaba la brisa y sus ojos estaban completamente despejados y fijos en ella.

Los recuerdos del beso de la noche anterior quedaron suspendidos en el aire que los separaba. Pero aquel era un día de trabajo y ella tenía intención de que siguiera siéndolo.

–Buenos días –puso una mueca de dolor al carraspear y bajó los escalones–. Me pondré manos a la obra.

–¿No quieres un café antes de empezar?

–No, gracias. Quiero adelantar todo lo posible antes de que empiece a llover. ¿Vas a la oficina?

–No –dijo él, acabando con las esperanzas de Ellie de trabajar sin interrupciones–. Tengo que terminar un presupuesto y llamar al equipo de Sídney.

–Muy bien, pues me pasaré por aquí cuando haya terminado.

A la hora del almuerzo se tomó ella sola su sándwich y el café. A pesar de lo que le había dicho a Matt sobre su autosuficiencia, Belle siempre la había invitado a compartir sus descansos. El último día que la vio le había ofrecido una llave de la casa y la posibilidad de usar el cuarto de baño y el agua caliente. Pero ella se había sentido muy incómoda y había rechazado el ofrecimiento. No quería ser responsable de lo que pudiera pasar en la casa durante la ausencia de Belle. Bastante tenía ya con que le hubiese dado el código de la verja.

No había vuelto a ver a Matt desde que empezó a trabajar. Al parecer él también se tomaba el horario laboral al pie de la letra, y ella no sabía si sentirse aliviada o decepcionada.

Apenas había acabado de comer cuando le sonó el móvil. Miró el identificador de llamada y respondió enseguida.

–Hola, Sasha. Anoche te llamé. ¿Dónde te habías metido?

–Estaba enferma y no pude ir al bar. Acabo de leer tu mensaje.

El tono frío y distante de su amiga le atenazó el estómago.

–¿Ya estás mejor?

–Sí, mucho mejor.

–Perfecto, ¿vas a solicitar conmigo el empleo de Healesville? Tenemos que avisarles de que…

–Ah, sobre eso quería hablarte… –una pausa–. Anoche conocí a un hombre maravilloso en un club y… bueno, me ha ofrecido la posibilidad de trabajar en un crucero que zarpa de Sídney la semana que viene.

Una profunda decepción invadió a Ellie.

–¿No me habías dicho que anoche estabas enferma?

–Todo el mundo finge estarlo de vez en cuando, ¿no?

–Contaba contigo para enseñarme cómo funcionaba el bar.

–Oh, lo siento. ¿Conseguiste el trabajo?

–Digamos que no estoy hecha para servir mesas –cerró los ojos y se rindió a lo inevitable–. Vete a trabajar a ese crucero y olvídate de Healesville –«y de todo».

La pensión situada a las afueras de Melbourne ofrecía un empleo de cuatro semanas para arreglar el jardín, y Ellie había convencido a Sasha para que solicitaran el puesto. Les había explicado a los dueños que no quería fallarle a Belle mientras esta estaba de viaje y les había prometido que empezaría a trabajar al final de la próxima semana. No iba a perder aquella oportunidad, contara o no con Sasha.

—¿Estás ahí, Ellie?

—Sí.

—Te llamaré cuando vuelva y quizá podamos…

—Es inútil, Sasha. Buena suerte. Adiós —apagó el móvil sin darle tiempo a decir nada más.

Había pensado que eran amigas. Pero los amigos verdaderos no dejaban a nadie en la estacada. ¿Cuándo iba a aprender la lección? Parecía tener un radar que alejaba a la gente de ella.

Diez minutos después empezó a llover, pero Ellie se puso su delgado poncho de plástico y continuó cavando. No iba a abandonar por culpa de la lluvia. A diferencia de Sasha, demostraría que era una persona responsable y digna de confianza que cumplía con su labor. Aunque se dejara la vida en el intento.

Matt dejó de trabajar, miró el reloj y se sorprendió al ver que había estado trabajando sin parar durante la hora del almuerzo. Le habría gustado compartir un café con Ellie.

Apartó los entumecidos dedos del teclado y miró por la ventana. La lluvia golpeaba el cristal. Se levantó para estirar los agarrotados músculos del cuello y la espalda y se acercó a la ventana de la cocina. Desde allí vio a Ellie con el barro hasta las rodillas, esparciendo bolitas sobre la tierra mojada y repitiendo el proceso cada pocos pasos. Se había protegido de la lluvia con un plástico, pero la gorra se le había caído y los mechones color miel se le pegaban empapados a la frente.

Matt entornó la mirada. Una cosa era demostrar que podía trabajar en serio, pero de nada le serviría ser responsable si pillaba una pulmonía.

Agarró un paraguas y salió por la puerta trasera. La lluvia era ligera, pero el viento soplaba con fuerza y amenazaba con volver el paraguas del revés.

Ellie estaba de espaldas a él y no lo oyó acercarse. ¿O quizá lo ignoró a propósito?

—¿Qué demonios haces aquí fuera con este tiempo? —la agarró por el hombro para girarla, pero ella chilló y dio un respingo por el susto. Matt perdió el equilibrio en la resbaladiza zanja que Ellie había cavado y soltó el paraguas para intentar evitar la caída y no arrastrarla a ella consigo.

Fue inútil, aunque en el último segundo consiguió girarlos a los dos de modo que ella cayó encima de él en un enredo de miembros, barro y palabras soeces. El frío y la humedad del barro se le filtraban por la espalda del jersey, contrastando con el cuerpo cálido y mojado que le apretaba el pecho.

Ella no se movió y él levantó la cabeza y estornudó.

—¿Estás bien?

—Desde luego... nunca he estado mejor —espetó ella. Intentó separarse de él.

Matt se habría reído por la situación, pero perdió el poco aire que le quedaba en los pulmones cuando ella le dio un codazo.

—Lo siento —se disculpó Ellie, pero siguió retorciéndose para apartarse. Él no intentó ayudarla—. ¿Se puede saber en qué estabas pensando? —le exigió saber ella, mirándolo furiosa con sus increíbles ojos violetas.

Matt pudo respirar por fin y olió la fragancia a fresas y calor femenino. El olor de una mujer tras una saludable sesión de ejercicio… O de sexo.

—No estaba pensando en nada —si hubiera pensado se habría imaginado aquella situación en un lugar seco, por ejemplo sobre la alfombra persa de Belle delante de la chimenea. Y sin ropa mojada—. Simplemente he reaccionado al verte trabajar a la intemperie con este tiempo.

—¿Y dónde quieres que trabaje? Te recuerdo que la jardinería se hace al aire libre —giró un hombro y los pechos se aplastaron contra el torso de Matt. No estuvo seguro, pero creyó sentir dos pezones rígidos y puntiagudos por encima de su ombligo.

Intentó ignorar el calor que le abrasaba el cuerpo, especialmente la ingle, y volvió a mirar el cielo.

—¿Esta es tu manera de demostrar que eres una mujer responsable o una cabezota?

Ellie retiró una mano atrapada entre sus cuerpos para apartarse el pelo de la cara.

—Solo son cuatro gotas, por amor de Dios.

Matt la miró fijamente a los ojos, que ardían con una emoción latente. Su boca, mojada y sugerente, estaba a un suspiro de la suya. Podría besarla allí mismo y saciarse con su sabor y el frescor de la lluvia.

Ella sacudió la cabeza.

–Los tipos de oficina sois unos blandengues.

Matt no se sentía especialmente blando en aquellos momentos. Y ella no tardaría en comprobarlo por sí misma como siguiera retorciéndose contra él.

Y así fue. Se quedó completamente rígida y abrió los ojos como platos. Roja como la grana, se puso de rodillas y se apartó. Los jirones del poncho ondearon como estandartes de plástico.

–Cabezota –murmuró él. El jersey se despejó sonoramente del barro al levantarse y sintió un escalofrío instantáneo–. Será mejor que nos cambiemos de ropa.

Ella agarró la pala, sin mirarlo.

–Ve tú. Yo tengo que acabar esto.

–Déjalo. Luego te ayudaré a acabarlo.

–Es mi trabajo. Lo haré yo.

–Muy bien. Pilla una pulmonía, si quieres.

Ellie lo metió todo en la carretilla, incluido el paraguas, y la empujó con desesperante lentitud hacia el cobertizo. Perfecto, pensó Matt. Él podía ser tan testarudo como ella. Esperó a que cerrara la puerta, metiera la llave en la cerradura y volviese lentamente con su mochila al hombro. Incluso a varios metros de distancia Matt podía ver que estaba temblando y que sus mejillas, después de haber perdido el rubor, presentaban un aspecto pálido y con manchas oscuras bajo los ojos.

Fue a su encuentro y la agarró de la mano sin importarle que pusiera objeciones.

–Vamos –la llevó hasta el porche y una vez bajo

techo le quitó los restos del poncho–. Una ducha o un baño caliente te harán entrar en calor. Lo que prefieras.

–No, no es necesario.

–Ellie… –le lanzó una mirada severa–. Estás calada hasta los huesos. Vas a darte esa ducha aunque tenga que obligarte –se quitó el jersey empapado y lo arrojó al suelo. Ella le contempló el pecho y tragó saliva, antes de mirarlo aterrorizada a los ojos.

–Estoy llena de barro.

–Y que lo digas. Te buscaré algo de ropa.

–No voy a pasearme por toda la casa con los zapatos embarrados.

–Quítatelos –él se quitó los suyos y también los calcetines.

Ellie lo imitó y volvió a mirarlo, procurando no fijarse en su pecho desnudo. ¿Por qué había creído que sería buena idea trabajar bajo la lluvia? No se había parado a pensar en el barro ni se había imaginado que ambos acabarían revolcándose por el fango.

–No solo mis zapatos están llenos de barro.

Nada más decirlo se arrepintió. Sintió el calor que despedían los ojos de Matt al recorrerle el cuerpo y se extrañó de que la ropa no se le estuviera calcinando.

–Yo estoy igual –dijo él. En realidad estaba peor que ella, cubierto enteramente de barro. Se desabrochó los vaqueros…

–¿Qué haces?

–Alguien tiene que buscar ropa seca.

Se quitó los pantalones y, de un modo involuntario, o al menos eso quiso creer ella, los ojos de Ellie siguieron el movimiento de sus dedos a lo largo de sus fuertes muslos, las rodillas, las pantorrillas, ligeramente cubiertas de vello, y los largos dedos de sus pies.

Estaba desnudo ante ella, salvo por los boxers azul marino que se ceñían a sus esbeltas caderas.

Ellie ahogó un gemido.

«Imagínatelo desnudo», le había sugerido Sasha en la discoteca.

Pero su imaginación nunca habría podido evocar una figura tan perfecta. Podía oler su piel, solo estaba a dos pasos de poder tocarlo, y a uno más de poder saborearlo…

No. Si le dejaba acercarse demasiado acabaría enamorándose de él, y la decepción posterior sería mucho más dolorosa que la suave caída en el barro. Tenía que protegerse y mantener las distancias. Y la única forma de hacerlo era no animándolo a que él se acercara.

Matt no perdió un instante. Recogió la ropa del suelo y la echó al cesto de la colada.

—Ponte esto —le tendió una sábana que sacó de un aparador cercano—. Quítate la ropa y envuélvete con la sábana. Cuando estés lista, reúnete conmigo en la cocina.

Minutos después, en ropa interior y aferrando la sábana alrededor de ella, siguió a Matt por un salón y un comedor. Nunca había estado en el piso superior, pero le quedó claro que Belle cuidaba al máximo los detalles de toda la casa. Pasó junto a un bonito dormitorio de mujer y una habitación con una enorme cama de columnas y un edredón granate. A los pies de la cama había unos zapatos negros de hombre, y una camisa blanca y planchada colgaba de una percha en la puerta del armario.

Matt dormía en aquella habitación.

El pulso se le aceleró y, sin darse cuenta, aminoró el paso con la esperanza de averiguar algo más sobre aquel hombre, aparte de su carácter resuelto, pragmático y meticuloso. Pero rápidamente se sacudió de encima aquel pensamiento absurdo. Ya sabía todo lo que necesitaba saber.

–Esta es la habitación de invitados –le dijo Matt, abriendo una puerta al final del pasillo–. El baño está ahí –le señaló otra puerta en el extremo de la habitación–. Encontrarás todo lo necesario. Mientras tanto, te buscaré algo de ropa y te la dejaré en la cama. Cuando hayas acabado, ¿sabrás volver a la cocina?

–Sí, gracias.

–Tómate el tiempo que necesites.

Ella no respondió y esperó a que se hubiera marchado para relajarse y asimilar dónde se encontraba. La habitación era preciosa, pintada de verde, blanco y dorado. Tenía una gran cama de matrimonio con un edredón blanco, de las paredes colgaban cuadros de una época pasada y las ventanas ofrecían una vista del jardín y sus rosales, pelados en pleno invierno.

En el cuarto de baño la luz entraba a través de

una claraboya e iluminaba un helecho en un rincón. Ellie pulsó un interruptor y una ola de calor instantánea le acarició los hombros, arrancándole un suspiro de deleite. Había una espaciosa ducha y una bañera lo bastante grande para tres. Se decantó por la bañera y cuando estuvo llena se sumergió en las burbujas.

Por desgracia, no le fue tan sencillo borrar las imágenes de Matt y de sus cuerpos pegados sobre el barro. Ni de la prueba palpable de su erección…

Maldito fuera por inspirarle deseos imposibles. El sobrino de su jefa… Un hombre que estaba y estaría siempre fuera de su alcance.

Capítulo Cinco

Matt llamó a la puerta del dormitorio, que estaba entreabierta, y al no recibir respuesta entró con cuidado. Había encontrado uno de los jerseys de Belle, unas mallas y unos calcetines gruesos. En cuanto a la ropa interior... Ellie tendría que ir sin ella.

Debería dejar la ropa en la cama y marcharse, pero el dulce olor a flores que salía por debajo de la puerta era una tentación demasiado fuerte.

Aspiro profundamente el olor. ¿Qué sabía él de la chica que estaba al otro lado de la puerta? Era un alma errante, según sus propias palabras. ¿Cuánto tiempo transcurriría hasta que siguiera vagando sin rumbo? ¿Adónde iba, qué hacía... con quién lo hacía?

Pero hasta que llegara el momento de seguir su camino, podían compartir algo más personal al final de un día de trabajo y él podría mantener la promesa que le había hecho a Belle.

Por desgracia no podría ser esa noche, pues había quedado para tomar una cerveza con el encargado de uno de los últimos proyectos de Melbourne. No quería empezar algo con Ellie y no poder acabarlo. Cuando la tuviera desnuda quería hacerlo todo bien, con calma, disfrutando de...

El sonido de la puerta del baño al abrirse interrumpió sus fantasías. Ellie salió envuelta en una nube de vapor perfumado. El grito que dio al encontrárselo allí y la forma de aferrar su toalla y su ropa interior empapada casi hicieron sonreír a Matt.

Pero entonces vio lo que llevaba en la mano y se llevó la sorpresa de su vida. Era un tanga rojo pasión y un sujetador de satén y encaje del mismo color. ¿Quién habría imaginado que llevaba una lencería tan sexy bajo aquel horrible mono de trabajo?

No podía apartar la mirada ni moverse. Era como si su cuerpo se hubiese transformado en piedra. Pero por dentro estaba muy vivo… Tenía la boca seca y el torrente sanguíneo se le concentraba en la parte baja de su anatomía. Con mucho esfuerzo recordó por qué estaba allí, carraspeó y le mostró la ropa que llevaba en las manos.

—Dejaré esto en la cama… He metido el resto de tu ropa en la lavadora. ¿Quieres que meta también eso? —señaló las prendas que Ellie aferraba.

—No.

Matt vio cómo apretaba el puño y supo que se estaba imaginando sus manos en el tanga.

Casi se le escapó un gemido, y por unos instantes pensó en llamar a Cole y posponer la cita. Pero era una reunión de trabajo y él era ante todo un profesional. Los negocios siempre eran lo primero.

—Muy bien —tragó saliva—. Si las mallas te están muy grandes puedes enrollar las perneras o lo que sea… —pensó que no sería conveniente volver a mencionar la ropa interior.

—Gracias —dijo ella, sin moverse—. ¿Algo más?

—Estoy preparando algo de comer. ¿Cómo te gusta la carne?

—Poco hecha.

—De acuerdo. Te dejaré para que te vistas.

En cuanto él se fue, Ellie corrió a la puerta y echó el pestillo por si acaso volvía para preguntarle por su vino favorito. ¿Estaba preparando carne? ¿Para ella? ¿Para ellos?

Se quitó la toalla y se puso la ropa que él le había llevado. Delante del espejo se pasó un peine por los alborotados cabellos y se lo dejó suelto a falta de cintas u horquillas. ¿Qué importaba su aspecto? Le daba igual lo que pensara Matt McGregor. Y ella tampoco iba a dejarse impresionar por sus habilidades culinarias. Metió la ropa interior mojada en su mochila y bajó al vestíbulo, siguiendo el aroma a cebolla frita hasta la cocina. Matt ya tenía la carne en la parrilla y estaba cortando tomates. Llevaba otro de esos jerseys de aspecto suave y su pelo recién lavado relucía bajo la luz del techo.

—¿Quieres que acabe de hacerlo yo? —le sugirió, buscando algo que hacer.

—No hace falta —le señaló con la cabeza una jarra de zumo con hielo y hojas de menta—. Sírvete.

—Gracias —se sentía incómoda allí de pie sin nada que hacer, de modo que se aupó a un taburete de la barra—. ¿Sueles cocinar?

—No tanto como me gustaría. Siempre estoy muy ocupado. ¿Y tú?

—Odio la cocina —tomó un sorbo de zumo. Naranja recién exprimida, piña y maracuyá–. Está muy bueno.

–Es mejor hacerlo en casa que comprarlo en el supermercado. Y dime, Ellie… –removió las cebollas en la sartén y le dio la vuelta a la carne, antes de ponerse con el pepino–. Me dijiste que habías vivido aquí de niña. ¿Tus padres aún viven en Melbourne?

–No –no quería hablar de sus padres ni recordar lo sola que estaba, pero la cortesía exigía algún tipo de explicación–. Mi madre y mis abuelos murieron en un accidente de coche hace más de dieciocho años.

Matt dejó de cortar el pepino y la miró con una expresión moderadamente compasiva.

–Lo siento, Ellie. ¿Cuántos años tenías?

–Seis –el corazón se le encogió al recordar a su madre cantándole una nana. Después de todos esos años el dolor seguía invadiéndola en los momentos más inesperados–. Después de eso mi padre y yo estuvimos viajando por Victoria y el sur de Australia durante un par de años –no le dijo que su padre solo había vuelto a aparecer en su vida cuando murió su madre–. Pero al final me convertí en una carga para él…

–¿En una carga? Era tu padre.

–No podía buscar trabajo y ocuparse de mí al mismo tiempo –le aseguró ella, pero la niña de nueve años que llevaba dentro seguía llorando por el abandono. Su padre podría haberla tenido si hubiese querido.

Matt se giró para servir los filetes en dos platos y murmuró algo que afortunadamente ella no entendió. Estaba dispuesta a defender a su padre y decirle a Matt que lo perdonaría si alguna vez regresaba.

–¿Qué me dices de tus padres? –le preguntó para desviar el tema.

Él apretó los labios mientras colocaba los platos en la barra.

–Solo estamos Belle y yo.

Ellie reconoció el dolor en su voz y en cómo evitaba el contacto visual. Lo reconoció porque ella vivía con un dolor semejante, día a día. Era obvio que Matt no quería hablar de su familia, lo cual era muy comprensible. A los hombres no les gustaba escarbar en sus traumas. La ausencia de su madre le había dejado cicatrices a Matt, pero Ellie tenía el presentimiento de que arrastraba algo más que dolor… Se advertía un profundo resentimiento.

Comieron en silencio durante unos minutos, escuchando el constante golpeteo de las gotas en la ventana. La lluvia había arreciado en la última hora.

–¿Alguna vez…? –empezó a preguntarle ella, pero fue interrumpida por el móvil de Matt.

–Disculpa –se levantó y fue a responder, dejando a Ellie a solas en la cocina con sus pensamientos.

Matt no ocultaba la atracción que sentía por ella, pero era evidente que no iría más lejos. Su interés era exclusivamente sexual. Por desgracia, para ella se estaba convirtiendo en algo mucho más intenso y peligroso. Su poderoso magnetismo, su caballerosidad, sus atenciones… todo la atraía de manera creciente e irresistible.

Lo oyó hablar a través de la puerta abierta. Mencionó el nombre de un hotel de cinco estrellas y una hora, las ocho de la tarde. Llegaría un poco más tarde de lo previsto.

«Matt siempre ha sido un mujeriego». Las palabras de Belle la golpearon con fuerza.

Cortó un pedazo de carne y se lo llevó a la boca, pero se le había formado un nudo en la garganta que le impedía tragar.

—¿No te gusta la comida? —le preguntó él cuando regresó junto a ella.

—Sí, mucho —consiguió tragar con cuidado—. Pero tengo la garganta irritada —tomó un poco de zumo para bajar la carne—. Estoy muy cansada… —miró el reloj sin fijarse en la hora—. Dentro de diez minutos pasa un tranvía. Ya recogeré mi ropa.

—Te llevo a casa.

—No hace falta. Tengo un paraguas.

—Insisto. De todos modos tengo que salir. Te dejaré de camino.

Ellie aceptó. No se sentía bien y de nada le serviría discutir. Pero casi cambió de opinión cuando lo vio reaparecer con unos pantalones oscuros y una elegante chaqueta negra que parecía hecha a medida. Por el cuello de la camisa se adivinaba el vello del pecho, y se había rociado con la misma colonia que ella había olido la otra noche.

Un rato después, cuando se metió en la cama, se recordó que los mujeriegos no eran para ella.

***

Matt se giró en la cama y miró el reloj despertador. Ya eran las siete y media, y sin embargo se sentía como si no hubiera dormido más de diez minutos. Todo por culpa de los sueños eróticos que lo habían estado acosando toda la noche. La clase de sueños que no tenía desde la pubertad.

Miró el techo con la esperanza de que se desvanecieran las imágenes de Ellie, pero no hubo suerte. Tampoco le había servido de nada conocer a una guapa ejecutiva de Nueva York después de hablar con Cole en el hotel. La había invitado a un par de copas y ella le había hecho unas interesantes sugerencias para curar su insomnio. A punto estuvo de aceptar, pero el recuerdo de Ellie Rose envuelta con la toalla le hizo declinar la invitación.

Se levantó de la cama y fue a otra habitación con vistas al jardín trasero. Los rayos de sol se abrían camino entre las nubes y arrancaban brillantes destellos en el césped mojado. Matt recorrió con la mirada la zanja que Ellie había estado cavando el día anterior. El cobertizo. El porche trasero... No había ni rastro de ella.

Pronto llegaría, se dijo a sí mismo. Necesitaba aquel trabajo. Pero se sentía decepcionado de que aún no hubiese aparecido. Quería ver el reflejo del sol en sus cabellos y admirar sus movimientos desenvueltos y despreocupados.

Mientras se duchaba, tomó una decisión. Lo que

70

había entre ellos exigía una atención exclusiva e inmediata. Aquella misma noche. Podían satisfacer sus mutuas necesidades como dos adultos responsables y luego seguir cada uno por su camino.

Desayunó tostadas y fruta mientras leía el correo electrónico y llamaba a la oficina para decirle a Joanie que llegaría antes de las diez.

A las nueve, Ellie seguía sin aparecer. Irritado, se acercó otra vez a la ventana. No tenía motivos para estar molesto; Ellie seguía su propio horario y Belle no esperaba de él que la esperase. Pero allí estaba, y en ausencia de Belle sentía que tenía derecho a conocer los planes de Ellie.

Era un hombre ocupado. Tenía mucho que hacer. Miró otra vez la hora. Casi las nueve y cuarto. No tenía tiempo que perder. A las diez llamó a Joanie para decirle que se retrasaría un poco.

Ellie había trabajado dos días seguidos sin llegar tarde. Tal vez aquel fuera su límite. Marcó su número y maldijo en voz baja al encontrarse con el teléfono apagado. No tenía buzón de voz, por lo que no podía dejarle un mensaje.

Se acercó de nuevo a la ventana y miró furioso la verja. Cuando Ellie llegara le echaría un buen sermón sobre la responsabilidad y la importancia de llegar puntual al trabajo. Aunque bien pensado, ¿por qué esperar? Iría a decírselo personalmente. Y luego la traería a casa en coche.

Poco rato después estaba aparcando frente al lamentable bloque de apartamentos, con sus ventanas sucias y los desconchones en la horrible fachada gris. Se alegró de que no hubiera código de seguridad en el portal, aunque de esa manera cualquiera podría entrar desde la calle. Subió los escalones de dos en dos y recorrió un oscuro pasillo que olía a col frita hasta encontrar el apartamento número cuatro. Llamó a la puerta y su impaciencia creció al no recibir respuesta. Volvió a llamar con más fuerza.

–Ellie, sé que estás ahí. Abre de una vez.

Finalmente oyó un ruido sordo y la puerta se abrió. El rostro de Ellie solo era visible a medias, pero lo que se veía no resultaba tranquilizador.

–¿Qué haces aquí? –sorbió por la nariz y sacó un pañuelo de la bata para sonarse.

–Estás enferma –empujó la puerta y se fijó en sus ojeras antes de cerrar tras él–. Deberías haberme llamado.

–¿Por qué? –se giró y caminó sobre el estropeado suelo de linóleo hacia la cama. Llevaba un pijama de franela bajo la bata y unas zapatillas rosas.

–Para avisarme de que no ibas a venir –le salió una voz demasiado tensa y suavizó el tono–. Para decirme si necesitabas algo… –recorrió con la mirada el minúsculo apartamento. Era extremadamente austero, y más frío que un invierno polar.

–¿En mi día libre? No trabajo los jueves. Te lo dije en la entrevista –se quitó las zapatillas y se metió en la cama–. Si no hay nada más… cierra la puerta cuando salgas.

Matt se estremeció de frío a pesar de llevar un jersey de cachemira y una chaqueta.

–¿No tienes calefacción?

–Está averiada.

–No puedo dejarte aquí en este estado.

–Claro que puedes. ¿No tienes que acudir a ninguna cita en un hotel de cinco estrellas? –sacó una mano de debajo del edredón para agarrar otro pañuelo.

–¿De qué estás hablando? –cruzó la habitación y se detuvo junto a la cama–. Olvídate de las citas y del trabajo. Estás enferma y este lugar es una heladera. Te vienes a casa conmigo.

Capítulo Seis

—No —su respuesta fue fría y cortante.

—No quiero discutir contigo, Ellie.

—Estoy bien aquí. Si me paso el día en la cama podré volver al trabajo mañana.

Matt se sentó en el borde de la cama y algo crujió bajo su zapato. Era su tarjeta de visita, y estaba muy arrugada. La agarró y la agitó ante la cara de Ellie, semioculta por el edredón.

—Debí de causarte una buena impresión el sábado por la noche…

Ella abrió los ojos y puso una mueca de sorpresa al ver la tarjeta.

—¿Cómo ha llegado ahí?

—No la tiraste a la basura —la alisó y se tocó la barbilla con ella—. Eso quiere decir algo, Ellie.

—Quiere decir que me preocupo por el medio ambiente y que estaba esperando el día que pasan a recoger los contenedores de reciclaje

—Claro… —deslizó la tarjeta bajo la almohada y examinó el apartamento. El frigorífico estaba cubierto de dibujos infantiles, sujetos por imanes con forma de rana—. ¿De quiénes son?

—Trabajo como voluntaria en un centro para niños desfavorecidos.

Volvió a mirar a Ellie y agarró la figura del ángel.

–¿De dónde has sacado esto?

–Me la dio Belle. Dijo que todos necesitamos un ángel de la guarda.

Matt sabía que no era una simple bagatela. Belle lo había comprado en Venecia y había pagado una fortuna. ¿Sería consciente Ellie de su verdadero valor?

–Tu ángel de la guarda no te abandona… Puedes dormir en la habitación de invitados de Belle.

–No.

–Puedo llevarte en brazos hasta el coche en pijama o puedes vestirte primero… Tú decides. Pero salimos de aquí dentro de cinco minutos.

–Me quedo aquí. Voy a intentar dormir… Gracias por tu ofrecimiento, y ahora vete.

Matt se levantó, encontró una bolsa de la compra y buscó algo de ropa que Ellie pudiera ponerse más tarde. Había un chándal negro en una silla y unas zapatillas deportivas tiradas en el suelo.

–Cuatro minutos –dijo mientras abría los cajones en busca de la ropa interior.

–¡No te atrevas a tocar mi…!

–Demasiado tarde, cariño –sacó un sujetador blanco y unas braguitas y los metió en la bolsa junto a un par de calcetines.

Ellie entornó la mirada cuando lo vio entrar en su diminuto cuarto de baño. El corazón le palpitaba frenéticamente y tuvo que apretarse el pañuelo contra los labios para no gemir. Cerró los ojos con fuerza. Era una mujer independiente y no necesitaba ayuda, y si permanecía en la cama él acabaría respetando su deseo y se...

Abrió los ojos al perder el calor del edredón. El frío y la derrota la invadieron al levantar la vista hacia el hombre alto, fuerte y autoritario que esperaba junto a la cama con una bolsa llena. Un hombre firme y decidido, acostumbrado a ver cumplidas sus exigencias.

—Escucha...

Sin darle tiempo a protestar, la incorporó en la cama, le puso las zapatillas y le ajustó el cinturón de la bata. Acto seguido, la levantó en sus brazos.

—¡Bájame ahora mismo! —le ordenó ella con una voz ahogada y tan inútil como las patadas que lanzaba al aire.

—No hasta que lleguemos al coche.

Toda resistencia era inútil, de modo que se rindió a lo inevitable y dejó que la bajara a la calle y la metiese en el coche. Estuvo callada y ceñuda todo el trayecto. Despeinada, en pijama, con ojeras, la nariz como un tomate y sin haberse lavado los dientes.

Al llegar a casa de Belle, Matt la hizo entrar rápidamente y le entregó la bolsa.

—Sube al cuarto de invitados. Te llevaré una taza de té con limón antes de irme.

Ellie no salía de su asombro. ¿Hasta cuándo pensaba seguir ocupándose de ella? No necesitaba ni le había pedido su ayuda... y sin embargo, le resultaba agradable que la cuidaran, para variar.

—A menos que quieras que vuelva a llevarte en brazos —le advirtió él.

Ella negó con la cabeza y se dirigió hacia la escalera.

Diez minutos después Matt le llevó una bandeja con el té prometido y queso, aceitunas, zanahorias y un paquete de galletas de chocolate.

–Si tienes hambre, toma lo que quieras en la cocina. Duerme un poco. Volveré a la hora del té.

–Gracias –murmuró ella, a su pesar.

–Pedir ayuda no es signo de debilidad, Ellie –le agarró la mano y por un instante ella creyó que iba a llevársela a los labios. Pero entonces él saco un bolígrafo y le escribió un número en la muñeca–. Por si me necesitas…

El cuerpo de Ellie se derritió ante el mensaje implícito que transmitían sus palabras.

–Estaré bien –dijo, antes de cerrar los ojos.

Al despertar se le había despejado la cabeza y aliviado el dolor de garganta, gracias a los medicamentos que Matt le había llevado en la bandeja.

La temprana oscuridad invernal había dejado la habitación en penumbra, pero a diferencia de su frío apartamento, el calor de la tarde aún caldeaba la estancia. El olor a lino impregnaba el aire, y por un momento volvió a ser una niña pequeña que se despertaba en una habitación con dibujos en las paredes y cortinas de zaraza.

Se llenó los pulmones con la fragancia a lavanda de las sábanas y se perdió en los recuerdos de una vida lejana, llena de amor y seguridad. Unos recuerdos aún más preciados al haber pertenecido aquella casa a la familia de su abuelo.

Entonces cambió de postura y vio el número que Matt le había escrito en la muñeca. Un calor instantáneo la invadió al recordar el tacto de su mano en el brazo. Y se preguntó si sería la historia de aquella casa lo que hacía aflorar los sentimientos dormidos… o si también Matt era responsable. En los dos últimos días había descubierto una faceta muy distinta en él. No solo era arrebatadoramente sexy, sino también atento, caballeroso y digno de confianza. La clase de hombre a quien no le importaría compartir sus más profundos secretos, temores y esperanzas.

¿Y cómo sería en la cama? ¿Sería tan autoritario y controlador como lo era fuera o dejaría que una mujer hiciese todo el trabajo? Un hormigueo le recorrió el cuerpo por el peligroso cariz que estaban tomando sus pensamientos.

Pero entonces recordó que Matt había tenido una cita la noche anterior, y una amarga sensación de vacío se le instaló en la boca del estómago. Seguramente había quedado con alguien como Yasmine. Una mujer alta y sofisticada, con un cuerpo espectacular y una melena larga y lisa. No como su pelo encrespado y rebelde, que llevaba dos días sin ver un alisador.

Tenía que ignorar las sensaciones que le provocaban las atenciones de Matt. Y las fantasías prohibidas que se apoderaban de ella cada vez que la miraba. Él no se quedaría en Melbourne mucho tiempo, y ella no iba a darle motivos para pensar que estaba interesada en continuar lo que habían empezado.

De ese modo no pasaría nada cuando él se marchara y ella podría volver a su vida normal. Sin promesas por cumplir, sin expectativas, sin desengaños...

Sola.

Y segura.

La casa estaba a oscuras cuando Matt llegó poco después de las seis. Se dirigió directamente hacia el cuarto de invitados, empujado por una extraña emoción.

La puerta estaba entreabierta, como él la había dejado, y la luz se derramaba en el pasillo. Entró y vio a Ellie en la cama, dormida, con la lampara de la mesita proyectando sombras sobre su rostro. Matt quería preguntarle qué le apetecía comer, pero decidió que el sueño era más necesario que la comida. El pelo le formaba un halo rizado alrededor de la cara y sus largas pestañas descansaban sobre sus mejillas de porcelana. La parte superior del pijama se le había desabrochado y revelaba el medallón dorado que siempre llevaba en el escote. Preciosa... Y vulnerable.

Tenía que dejarle muy claro que no había ninguna posibilidad de llegar a algo serio. Él no estaba hecho para las relaciones estables. Había sido incapaz de ofrecerle a Angela un matrimonio feliz con hijos porque no creía en los compromisos a largo plazo. Sabía que Ellie había sufrido mucho al ser abandonada por el hombre al que amaba, aunque ella no le hubiera dado detalles. No quería que sufriera más por su culpa.

Pero eso no impedía dar rienda suelta al deseo que sentían el uno por el otro… En cuanto ella se recuperara.

A la mañana siguiente Matt estaba de pie ante la ventana de la cocina, contemplando la lluvia mientras se tomaba un tazón de cereales y se devanaba los sesos en busca de un motivo, aparte de las labores de jardinería, para que Ellie pasara el día allí. Suponiendo que se encontrara bien, porque tenerla durmiendo tan cerca le estaba provocando estragos en su salud mental.

Ellie apareció en la puerta, duchada y vestida con su chándal. Seguía pálida y con la nariz roja, pero aparte de eso tenía el mismo aspecto de siempre. A Matt le costaba creer que su mera presencia bastara para iluminar el ambiente y levantarle el ánimo.

–Buenos días –agarró la cafetera– ¿Un café?

–Sí, por favor –dio unos pasos y titubeó–. No pretendía dormir toda la noche. Lo siento si te he ocasionado alguna molestia.

–Apenas me he dado cuenta de que estabas aquí –mintió. No había podido pensar en otra cosa y se había pasado casi toda la noche despierto, dolorosamente consciente de su cercana presencia–. ¿Cómo te encuentras esta mañana?

–Mucho mejor, gracias.

–No espero de ti que trabajes con lluvia, pero si quieres trabajar y te sientes capaz, tengo una tarea en casa para ti. Las ventanas de la planta baja necesitan una buena limpieza, y seguro que Belle lo agradecería.

Ella sonrió.

–Dime dónde están las cosas de limpieza y me pondré manos a la obra.

–Sin prisas. Acábate el café mientras te preparo algo para desayunar.

–No tienes por qué molestarte. Me basta con el café, en serio.

–Belle me mataría si yo te obligara a trabajar con el estómago vacío. ¿Huevos revueltos?

–Perfecto, pero puedo hacerlo yo si tú tienes que irte.

–He quedado para almorzar, pero aún faltan unas horas. ¿Por qué no buscas lo que necesites en el cuarto de la lavadora mientras yo preparo el desayuno?

Ellie se puso a trabajar en cuanto se acabó la deliciosa comida que Matt le había preparado. Afortunadamente, él no se sentó con ella mientras desayunaba gracias a una oportuna llamada de trabajo.

Comenzó con el comedor y el salón, y mientras colocaba la escalera admiró los muebles antiguos y los exquisitos adornos de color jade y rosado. A continuación siguió con una pequeña y acogedora habitación donde entraría el sol de la tarde, ofreciendo horas de luz y calor en un frío día invernal. Había una estantería llena de libros y con una colección de discos de vinilo, pero fue un álbum de fotos lo que le llamó la atención. En la portada había una foto en blanco y negro de Belle cuando era adolescente. Ellie reconoció la forma de su rostro, sus grandes ojos y amplios pómulos. Pero llevaba el pelo recogido en una cola, llevaba un vestido a cuadros ceñido a la cintura con una faja y un medallón con forma de corazón que le colgaba del cuello.

Ellie se tocó la cadena del colgante, el cual había pertenecido a su madre, y sintió un hormigueo en la nuca, como si alguien le hubiera acariciado la espalda con un dedo. Se sacudió la sensación y devolvió el álbum a su sitio, pero durante unos segundos había tenido la extraña impresión de que algo no encajaba allí.

Capítulo Siete

Poco después Ellie estaba subida en una escalera de mano cuando apareció Matt para informarle de que se marchaba. Vestía una camisa blanca, una corbata de seda gris, pantalones oscuros y una chaqueta marrón de ante. Su olor era fresco y masculino y su aspecto demasiado sexy para irse a trabajar.

Aunque él no había dicho que se fuera a trabajar... Solo había dicho que había quedado para comer, lo cual podía interpretarse de muchas maneras.

Una dolorosa punzada le traspasó el estómago a Ellie y se le formó un nudo en el pecho que casi le impedía respirar. Eran... ¿celos? No, imposible.

–¿Estás bien? –le preguntó él con el ceño fruncido, y antes de que ella pudiese responder cruzó la habitación y se detuvo junto a ella. Al estar subida en la escalera sus ojos quedaban a la misma altura, y sus bocas demasiado cerca...

–Me has asustado, maldita sea –en silencio maldijo también su cita para almorzar y la estúpida reacción que a ella le había provocado.

Unas gotas de agua se derramaron del cubo y mojaron la camisa de Matt. Sin decir nada, él le quitó el cubo de los nerviosos dedos y lo dejó a una distancia segura, antes de volver a mirarla de cerca. Ella se mordió el labio y por unos instantes se olvidó de todo salvo de la excitación que la abrasaba por dentro. Tragó saliva y se obligó a apartar la mirada.

–Lo siento…

Él se acercó aún más y Ellie vio las motas de color avellana en sus oscuros ojos y una pequeña franja pelada en su ceja izquierda.

–¿Qué vas a hacer para arreglarlo? –le preguntó en voz baja, a escasos centímetros de su boca.

–Eh… tengo un trapo por alguna parte –ni siquiera intentó buscarlo. La tensión chisporroteaba en el aire que los separaba.

Él deslizó la mano sobre su hombro y trazó una línea a lo largo de la clavícula. Aprovechó el movimiento para acercarla a él y ella sintió su fuerza y calor masculino.

–¿Ellie?

Las piernas amenazaban con cederle. Sus labios ni siquiera se rozaban, pero a Ellie le hervía la sangre en las venas.

–¿Sí?

–Cena conmigo esta noche.

–¿Cenar? –repitió ella, sorprendida.

–¿Por qué no? Después del trabajo. Han abierto un restaurante marroquí no lejos de aquí. O podemos hacer otra cosa, si quieres…

–La cena me parece bien –decidió ella rápidamente. El modo en que había dicho «otra cosa» sonaba demasiado arriesgado.

–Reservaré una mesa –le entregó el cubo de agua–. Me pasaré por la oficina después de comer, así que te recojo en tu casa a las seis.

–Mmm… Es viernes.

–¿Y qué?

–Que los viernes por la tarde trabajo en el centro infantil. Estoy allí hasta las seis. Pero bueno, podemos cenar otro…

–A las siete, entonces. ¿Dónde está el centro?

–En una vieja iglesia a dos manzanas de mi casa, pero…

–De acuerdo. Nos vemos luego.

Capítulo Ocho

Ya había oscurecido por completo cuando Matt la dejó en la puerta del bloque de apartamentos para que se cambiara de ropa para la cena. Las nubes se habían disipado y el olor a asfalto mojado impregnaba el aire.

Un coche aminoró la velocidad al acercarse por la calle. Ellie se subió la chaqueta del chándal. Nunca se permitía pensar en crímenes y violaciones. Si lo hacía jamás iría a ninguna parte. Pero de todos modos respiró aliviada cuando el coche pasó de largo.

Subió la escalera a oscuras, pues la luz llevaba tres semanas fundida y nadie la había reemplazado, y hurgó en su bolsillo en busca de las llaves. Una rápida ducha en su modesto cuarto de baño, un poco de maquillaje y…

La sangre se le heló en las venas al levantar la mano para introducir la llave en la cerradura.

La madera estaba astillada. Alguien había entrado en su apartamento. No supo cuánto tiempo permaneció en el rellano, inmóvil y casi sin respirar, oyendo tan solo los latidos de su desbocado corazón.

Tocó la madera marcada y la puerta se abrió con

un ligero empujón. Mantuvo la vista al frente y buscó a tientas el interruptor que había a la izquierda. La luz inundó la habitación y el cuarto de baño, ambos vacíos. La única ventaja de vivir en un estudio era que se podía verlo entero con una sola mirada, pensó mientras entraba y cerraba tras ella. Se sentó en la cama y soltó una carcajada histérica. No tenía nada de valor, pero los ladrones habían vaciado la nevera y habían esparcido el contenido por el suelo.

Las manos le temblaban y tenía la garganta seca. Alguien había tocado sus cosas, había respirado aquel mismo aire, había invadido su espacio... Un escalofrío le puso la piel de gallina y agarró el edredón para envolverse, pero enseguida lo apartó. ¿Y si el ladrón lo había tocado? Se sentía sola, vulnerable, violada...

Matt la encontró agachada junto a la nevera, limpiando el suelo con una esponja. Al ver la puerta abierta y forzada y no recibir respuesta cuando llamó, lo había invadido un miedo desconocido hasta entonces. Un instinto salvaje de protección le palpitaba por todo el cuerpo.

–Ellie.

Ella dio un respingo al oírlo y se quedó paralizada unos instantes.

–Estoy bien... –reanudó su tarea con una risa ahogada–. El cerdo que ha estado aquí se bebió mi última Coca-Cola.

Matt se puso en cuclillas junto a ella y le quitó la esponja.

—Déjalo, Ellie.

—Tengo que limpiar esto.

—No. Mañana enviaré a alguien para que lo haga.

—Necesito estar ocupada —insistió ella—. Si no, me volveré loca.

Él le tocó la barbilla y no le gustó nada la angustia reflejada en su rostro.

—Ocupada, ¿eh? —le sonrió—. Eso puede arreglarse —mantuvo un tono ligero y bromista, pero por dentro quería destrozar al que había allanado el apartamento. Se levantó y tiró suavemente de ella—. ¿Se han llevado algo?

—Creo que no.

—¿Has llamado a la policía?

—No.

—Lo haré yo —le acarició la espalda—. Todo saldrá bien, Ellie. Estoy aquí.

Las últimas palabras no lo sorprendieron, pero sí las emociones que evocaban. La fragilidad de los huesos que sentía bajo sus manos le despertaba una ternura y una necesidad irracional de… proteger lo que era suyo.

Se quedó de piedra. ¿Proteger lo que era suyo? Él no era un caballero de reluciente armadura. Simplemente había reaccionado al ver la cerradura rota y a Ellie en el suelo. Ella afirmaba ser una mujer independiente y no necesitaba ninguna muestra de anticuada caballerosidad varonil.

Aflojó sus manos y dio un paso atrás, incómodo por lo que estaba sintiendo. Debía de ser algo momentáneo, un arrebato fugaz...

–Puedo arreglármelas sola –dijo ella, retrocediendo al mismo tiempo que él. Como si le hubiera leído el pensamiento.

Pero bajo su aparente seguridad se adivinaba a la chica perdida e indefensa, y Matt tuvo que apretar los puños para no volver a abrazarla. Si la tocaba le daría más de lo que ella estaba dispuesta a aceptar. Más de lo que él estaba dispuesto a dar.

–Voy a ver si todo está en orden –dijo, desplazándose hasta el otro extremo de la habitación–. Es posible que se te haya pasado algo por alto. Mañana te buscaré otro alojamiento.

–Pero no tengo dinero para...

–No te preocupes ahora por eso. Hay estudios decentes y seguros cerca de la universidad. Confía en mí. Yo me encargaré de todo. Haré unas llamadas y luego, dadas las circunstancias, lo mejor será pedir comida para llevar.

Durante los próximos veinte minutos llamó a la policía y a una empresa de limpieza y a alguien para que arreglase la puerta e instalara una medida de seguridad adicional.

Dos horas y un informe policial después, estaban en el coche, de regreso a casa de Belle y con la comida india que a Ellie se le había antojado pedir.

Matt no dejaba de preguntarse cómo era posible que Ellie hubiera pasado de vivir con todas las comodidades a... malvivir en aquel cuchitril.

–No tienes por qué responderme, Ellie –dijo al detenerse en un cruce–. Pero ¿no heredaste nada cuando murió tu madre?

Ella tardó un poco en responder.

–Mi familia invirtió en una empresa que fue a la quiebra. Perdieron una fortuna meses antes del accidente.

–Vaya, lo siento –debería haber mantenido la boca cerrada–. Olvida la pregunta.

–No importa… Mi madre le dejó a mi padre lo que tenía. Redactó su testamento antes de que yo naciera y no se le ocurrió cambiarlo cuando mi padre nos abandonó. Yo no lo descubrí hasta que fui lo bastante mayor para entenderlo.

Por eso el padre de Ellie había reaparecido tras la muerte de su madre… No era un sentimiento paternal lo que lo empujaba, sino simple y pura codicia.

–¿Y tus abuelos paternos? ¿No podían ayudarte?

–Los dos están muertos. Mi padre emigró aquí desde Inglaterra, él solo. Y usó el dinero que quedaba de la herencia para mantenernos –se apresuró a añadir. Parecía tener una necesidad feroz de defenderlo–. Viajábamos mucho, alojándonos en los mejores hoteles y comiendo en los mejores restaurantes. Pero… mi padre era aficionado al juego.

No dijo más, pero no había que ser un lince para adivinar que había vuelto a abandonar a su hija cuando se le acabó el dinero.

–Al ser hija suya tenías derecho a recibir parte de ese dinero. ¿El juez no se ocupó de ello?

–Sí. El dinero se mantuvo en fideicomiso hasta que cumplí dieciocho años...

–A ver si lo adivino. Tu padre volvió a aparecer.

Ella no respondió, y él sacudió tristemente la cabeza.

–Ellie, Ellie. ¿No sabes que mantener a un ludópata solo sirve para agravar su problema?

–Me dijo que había cambiado... Es mi padre. La única familia que me queda.

–Tu padre te hizo chantaje emocional. Lo sabes, ¿verdad?

Ella siguió hablando.

–Le dije que usara el dinero para buscar ayuda. Y al menos pude pagarme mi curso de horticultura.

–No quería ofenderte.

–Lo sé. Pero la gente como tú no sabe nada de las personas como yo.

Matt no respondió al comentario. No quería hablar de su pasado.

La verja se abrió para revelar la suntuosa mansión en todo su esplendor. Todo rezumaba riqueza y opulencia, desde las agujas de las torrecillas hasta las estatuas, estanques y setos artísticamente podados del jardín delantero.

Matt sabía qué impresión daba aquella casa, pero Ellie no tenía ni idea de cuánto tenían los dos en común.

Matt encendió la televisión y dejó a Ellie en el salón mientras él se encargaba de servir la comida.

Fue arriba a ponerse algo más cómodo. Al pasar junto a la habitación de Belle vio a Ellie colocando el ángel de Belle en la mesita de noche.

–¿Ellie?

Ella se giró bruscamente.

–No te acerques sin hacer ruido, ¿quieres? Ya estoy bastante nerviosa sin necesidad de que me des estos sustos.

–¿Por qué devuelves ese regalo?

–Está más seguro aquí –dijo, acariciando el ángel–. Gracias por ayudarme…

Lo miró de arriba abajo y sonrió. Fue un tímido atisbo de sonrisa, pero para Matt fue como si hubiera salido el sol. Quería estrecharla entre sus brazos y besarla hasta borrar los demonios que veía en sus ojos, pero aquella clase de intimidad era más de lo que podía darle. No quería implicarse emocionalmente. Por el bien de ambos.

–Cualquiera habría hecho lo mismo. Bueno… ¿qué te parece si comemos?

Ellie atacó su comida con una voracidad que parecía fruto de la ira más que del hambre.

Matt tomó un sorbo de agua y la miró. Sus dedos, largos y finos con las uñas cortas y descuidadas. Casi podía sentir aquellos dedos dándole placer, recorriéndole la entrepierna a través de los vaqueros…

–¿Qué haces cuando te sientes mal, Ellie? –le preguntó, tanto para ayudarla a despejarse como para mantener a raya su libido.

–Corro –sonrió–. Intento canalizar la energía y

los nervios a través de las piernas. Me gusta correr por la playa, sintiendo el viento en la cara y oyendo las olas. Correr hasta quedarme sin aliento, detenerme en un acantilado para contemplar el mar y esperar que se desate una tormenta.

Matt dejó el vaso y puso las manos en la mesa.

–¿Has montado alguna vez en moto?

–No.

–No hay nada igual. Rodar a toda velocidad sobre el asfalto hasta dejar atrás tus problemas… Tengo una idea –se levantó y rodeó la mesa para agarrarle la mano a Ellie y tirar de ella hacia la puerta.

–¿Adónde vamos?

–A mi casa –le dijo con una sonrisa.

–¿A tu casa? –repitió ella, sintiendo cómo se le aceleraba el corazón al mirar sus cautivadores ojos marrones–. Creía que vivías aquí cuando venías a Melbourne.

–No. Mi casa está un poco más al sur, por la carretera de la costa, en Lorne… desde donde se tienen las mejores vistas del mundo.

–Pero Lorne está a dos horas en coche.

–Se tarda bastante menos si no hay tráfico. Vamos… Un poco de adrenalina te ayudará a despejar la cabeza.

–Espera un momento –una mezcla de excitación y miedo le subió por la espalda–. ¿Estás sugiriendo que vayamos en moto hasta allí? Pero son casi las diez de la noche.

–En ese caso, tendremos que quedarnos allí a pasar la noche.

Capítulo Nueve

–Nunca he montado en moto –le recordó Ellie cuando él la ayudó a ajustarse el casco.

–Es muy fácil –se montó, arrancó el motor y dio unos golpecitos en el asiento–. Tú agárrate bien y deja que yo haga el resto.

Por las calles iban despacio, deteniéndose en los semáforos y aminorando en las curvas, pero al salir a la carretera Matt aceleró y Ellie no tardó en relajarse pegada a su espalda, deleitándose con el viento en las rodillas. El frío era muy estimulante y contrastaba deliciosamente con el calor que abrasaba la parte frontal de su cuerpo. Los huesos le vibraban por el constante zumbido del motor y un agradable sopor se iba apoderando de ella. Se detuvieron cerca de Geelong para tomar un café caliente, y poco después de medianoche estaban recorriendo la calle principal de Lorne. Matt extendió un brazo al llegar a lo alto de una cresta y Ellie contempló las olas que se estrellaban contra la costa rocosa. A poca distancia del pueblo Matt se desvió de la carretera y siguió un sendero a través de eucaliptos, hasta detenerse frente a una casa semicamuflada por la vegetación. Aparcó bajo un porche blanco y apagó el motor.

Ellie se bajó y se quitó el casco. El aire salado e impregnado con la fragancia de los eucaliptos le agitó los cabellos y le llenó los pulmones. Lo único que se oía era el susurro de las hojas y el lejano murmullo de las olas. La luna en cuarto creciente se adivinaba entre las ramas de los árboles.

–Hemos llegado. Hogar, dulce hogar –abrió la puerta y pulsó un interruptor. Varias docenas de bombillas se encendieron a la vez, confiriendo un ambiente cálido y acogedor a la estancia.

Era la casa más original que Ellie había visto en su vida. Toda de cristal, piedras y madera que se fundían con el entorno natural.

El baño tenía un jacuzzi enorme y daba a un jardín de flora autóctona al que solo se podía acceder desde el cuarto de baño.

–¿Has diseñado tú todo esto? –le preguntó al volver al salón.

Él asintió y se quitó la chaqueta para dejarla en un amplio sofá de cuero.

–Es una vivienda adaptable a las necesidades, pues se le pueden ir añadiendo módulos.

Ellie observó impresionada el suelo de madera y el lujoso mobiliario.

–No está mal para pasar un fin de semana.

–No es para pasar un fin de semana. Es mi casa. Ven. Quiero enseñarte la vista de la bahía –la condujo por una escalera esbelta y ligera hasta la entreplanta. Sus pisadas no hacían el menor ruido en la gruesa moqueta. La enorme ventana de forma hexagonal ofrecía una vista espectacular de Louttit

Bay bajo la luna. Las luces de Lorne parpadeaban entre los árboles y las zarigüeyas correteaban sobre el tejado–. ¿Verdad que es una vista para inspirarse? –le susurró a Ellie al oído.

–Desde luego… –su calor la envolvía como una manta. Puso una mano en el cristal y de nuevo se maravilló con los contrastes. Frío y calor. La tierra oscura elevándose sobre las aguas iluminadas por la luna. La obra del hombre armonizando con la naturaleza. Y el hombre que la había construido deslizando sus manos alrededor de la cintura. Fuerza y ternura.

Él subió las manos a sus hombros y le hizo darse la vuelta.

–Ellie… –su nombre nunca había sonado mejor, y la imagen del hombre que estaba ante ella la inspiraba más que cualquier vista que tuviese a sus espaldas.

Y también la asustaba mucho, muchísimo más.

Se había jurado que nunca más volvería a dejarse seducir por un hombre, y sin embargo allí estaba, rindiéndose al deseo que ambos compartían.

Matt le deslizó las manos por los hombros y los brazos, las introdujo en su chaqueta y extendió las palmas sobre los costados. Las yemas de sus dedos le prendían chispas de excitación en sus partes más íntimas. Necesitaba sentir sus manos por todo el cuerpo. Necesitaba tocarlo, y las manos le temblaron mientras seguían el recio contorno de su pecho a través de la ropa, hasta sentir los latidos de su corazón, fuertes y rápidos, bajo la palma.

La fragancia del aire nocturno aún impregnaba la ropa y la piel de Matt. Ellie se puso de puntillas para aspirarla en la base del cuello. Embriagada, apoyó la cabeza en su pecho. Todo el cuerpo le palpitaba por la excitación, y al mismo tiempo se sentía ligera como el aire, como si bastara con un simple soplido para salir volando.

–¿Qué quieres, Ellie? –le preguntó él mientras le pasaba el dedo pulgar por los labios.

Se apartó de él y se quitó la chaqueta, dejando que cayera al suelo.

–A ti. Aquí. Ahora.

Los ojos de Matt se oscurecieron aún más. Dejó caer los brazos a sus costados.

–¿Estás segura? Porque no creo que pueda parar si…

–Estoy segura –se desabrochó la rebeca. No albergaba ninguna esperanza con Matt, pero había tomado una decisión y quería seguir adelante–. Una noche –levantó la barbilla–. Es lo que tú haces, ¿no? Una sola noche.

Él dudó, pero lo llevaba escrito en el rostro.

–No creo que sea lo que haces tú.

No, no lo era, pero a ella tampoco le había funcionado lo contrario. Quizá fuese el momento de probar algo distinto. Sin expectativas y sin desengaños. Se quitó la rebeca sin dejar de mirarlo a los ojos.

–Quiero olvidar lo que ha pasado esta tarde… –se quitó las zapatillas y los calcetines y dobló los dedos sobre la moqueta–. Estoy a punto de explotar. Necesito liberarme de…

Matt no la dejó terminar y la besó con una pasión salvaje. Y ella lo recibió con la misma intensidad y apetito carnal. Le agarró la camiseta y abrió los labios para que sus lenguas se entrelazaran en un frenético preludio de lo que estaba por venir. De lo que él quería hacer con ella. A ella. Dentro de ella…

Matt exploraba los recovecos de su boca mientras sus manos recorrían ávidamente las curvas y formas femeninas con las que llevaba días soñando. Le quitó la camiseta, dejándole el medallón sobre el escote, y tiró hacia abajo del sujetador de encaje blanco. Sin perder un instante, hundió la cara en el fragante valle que le ofrecían sus pechos y los masajeó hasta endurecerles los pezones.

El gemido de Ellie desató una necesidad salvaje, desesperada. Se quitó la camiseta y las botas y observó cómo ella se despojaba de los vaqueros y de sus braguitas blancas con corazones. La contempló como si fuera un festín y él estuviera muriéndose de hambre. Brillando con luz propia. Exquisita. Perfecta.

Matt le sostuvo la mirada un momento, mientras le agarraba las manos y tiraba de ella hacia él. Y cuando sus cuerpos se fundieron, un profundo estremecimiento lo sacudió de la cabeza a los pies. Ella jadeó y se aferró a sus hombros, y él respondió con un gemido que surgió de lo más íntimo de su ser. El deseo chocó con la pasión, la impaciencia con el ansia. Sus bocas se unieron y devoraron mutuamente. Sus cuerpos se pegaron, sus piernas se enredaron. Matt se echó hacia atrás y cayeron en la cama, con Ellie encima de él. Se giró para colocársela debajo y siguió saqueando su boca y su cuerpo. Ella se retorció con violencia y le arañó el cuello, los hombros y la espalda. Su dulce fragancia le colmaba el olfato y su respiración era cada vez más acelerada y jadeante.

No podía esperar más. No podía sacarse de su olor, de sus gemidos, de su incomparable sabor. La frenética carrera por acabar lo que habían empezado resonaba como un tambor de la jungla en sus venas. No había tiempo para entretenerse ni para pensar. Le separó las piernas con el muslo y hundió los dedos en su calor y humedad.

Protección...

Con un gemido de frustración, Matt retiró la mano.

–El preservativo –masculló cuando ella gimió de protesta. Se incorporó a medias y abrió el cajón de la mesilla para sacar el envoltorio plateado.

Ellie se mordió el labio mientras esperaba agónicamente, sorprendida por no haber pensado en la protección. Pero antes de que pudiera reprenderse, volvió a tener a Matt sobre ella, presionándola con su peso contra el colchón. La penetró con una rápida y deslizante acometida que la hizo sacudirse y pronunciar su nombre. Lo miró a los ojos y en aquel instante único e incomparable en que sus miradas se encontraron, se rindió entera e incondicionalmente.

Él se retiró y volvió a empujar, más fuerte y más

adentro. Ella le rodeó la cintura con las piernas y dejó que imprimiera el ritmo para llevarla a la plenitud. Desde los oscuros dominios de sus fantasías más íntimas hasta la cumbre del placer absoluto. Nunca había deseado a nadie como deseaba a Matt McGregor. Nunca había necesitado nada ni a nadie como lo necesitaba a él en aquel momento.

La desconcertaba tanto como la cautivaba.

Con una última y poderosa embestida le hizo desplegar las alas del éxtasis y la lanzó por el borde del precipicio, un segundo antes de unirse a ella en un orgasmo glorioso y prolongado.

A Ellie seguía palpitándole el cuerpo, sentía un hormigueo por toda la piel y aún respiraba con dificultad. Los dos yacían muy cerca el uno del otro, pero sin tocarse ni hablar.

El espacio que Matt había dejado entre ellos era muy reducido, pero bastaba para recordarle a Ellie que únicamente habían tenido sexo. Nada más. Habían compartido un buen rato y eso sería todo. Ella lo había sabido desde el principio y lo había aceptado con todas las consecuencias; sin embargo, una parte de ella se había quedado por el camino. Una parte que le pertenecía a él.

Suspiró en silencio, oyendo la sosegada respiración de Matt.

No quería hacerle pensar que esperaba de él más de lo que habían compartido. Y por mucho que deseaba acurrucarse contra él, resistió el impulso. Para ella la intimidad física era tan importante como el sexo, pero no para Matt.

El problema era que ella nunca se había valido del sexo como un medio para evadirse de sus problemas. No sabía cómo comportarse a la mañana siguiente. Belle volvería el lunes, Matt se marcharía y todo habría acabado. Así de simple.

Y si ella se sentía sola, vacía y dolida, toda la culpa sería suya y nada más que suya.

Matt miraba el techo e intentaba contenerse para no abrazar a Ellie. Todo su cuerpo le pedía a gritos volver a poseerla, desde atrás, muy despacio…

Había creído que si se acostaba con ella la atracción se desvanecería. Él seguiría adelante con su vida y ella con la suya. Pero en vez de eso había tenido una reacción… muy poco tranquilizadora.

Nunca había llevado a una mujer a su casa. Ni para tener sexo ni para ninguna otra cosa. Su casa era su refugio. Belle era la única mujer a la que permitía acercarse.

Pensó en Angela. Sofisticada, inteligente, brillante… A primera vista todo lo que él quería en una mujer. Hasta que ella le dijo que quería algo serio. Casarse, una casa en las afueras, niños y un perro.

Quería la promesa del amor eterno.

Apretó los puños, pero se obligó a permanecer quieto. Había sido incapaz de dárselo y por eso la había perdido, cuando Angela le dijo que no se conformaría con menos.

¿Qué querría Ellie?

Ella se giró hacia él en sueños, le pasó un brazo por encima y los pechos quedaron aplastados contra su torso. El cuerpo de Matt se endureció involuntariamente ante aquella muestra de intimidad y confianza. Cerró los ojos e intentó ignorar la sensación. A pesar de lo que ella dijera, tenía el presentimiento de que Ellie no era la clase de mujer que se conformara con una aventura pasajera. Y él se estaba acercando peligrosamente a un nivel emocional.

Tardó mucho en poder conciliar el sueño.

Capítulo Diez

La luz rosada del amanecer inundaba la habitación, un par de cucaburras piaba alegremente al otro lado de la ventana, y a Matt seguía dominándolo una desesperación salvaje por hundirse en el interior de Ellie. A duras penas consiguió reprimir el deseo y apartó las mantas para que el aire frío le refrescara la piel acalorada. Tenía que salir de allí y alejarse de la tentación. Ellie le provocaba cosas que él no quería ni necesitaba.

–Hora de levantarse –dijo con una alegría que no sentía–. Dúchate tú primero mientras yo preparo el desayuno. Quiero que salgamos lo antes posible.

–Está bien –una parte de Ellie esperaba que le propusiera ducharse juntos, pero la barrera invisible ya se había levantado entre ellos. Intentó convencerse de que era mejor así. Un alivio en vez de una decepción. También ella podía comportarse como si nada hubiera pasado.

Mientras se enjabonaba bajo el chorro de agua caliente, percibió un movimiento a través del cristal empañado. Lo limpió con la mano y vio un melifágido negro y amarillo posado en el helecho del jardín. Todo era tan idílico y maravilloso que no le costaría acostumbrarse a ello, pensó. Pero era una fantasía imposible. Sacudió la cabeza y cerró los grifos con más fuerza de la necesaria.

Todo tenía un final.

Salieron nada más desayunar y llegaron a Melbourne a media mañana. Matt dejó a Ellie en su apartamento, se cercioró de que lo hubieran limpiado a fondo y de que hubieran reparado la puerta, y se marchó. Sin sugerirle que se vieran más tarde.

En casa, mientras observaba con el ceño fruncido el jardín a medio acabar, llamó a un conocido para que le buscara alojamiento a Ellie y concertó un par de visitas.

Llamaría a Ellie más tarde para asegurarse de que todo iba bien. Mientras tanto, tenía que ocuparse de un problema urgente en una obra de Sídney. Ya había hecho los preparativos para volar hasta allí. Los negocios siempre habían sido su prioridad. Vería a Ellie el martes.

O bien pensado… ¿Por qué esperar al martes?

—Matt —Ellie se sorprendió al verlo en su puerta, cuando no hacía ni una hora que se había marchado—. ¿Has olvidado algo?

—Pues sí —entró, cerró la puerta tras él y la estrechó entre sus brazos para besarla en la boca. Si Ellie creía que Matt había cambiado de opinión después de lo sucedido la noche anterior, aquel beso apasionado y ardiente le demostró que estaba equivocada–. No tiene por qué ser una sola noche, Ellie –le murmuró él al levantar la cabeza.

–¿Qué estás diciendo? –preguntó ella. Como si no lo supiera… Había oído cómo le decía a Belle que no había nada entre ellos. Y eso le dolía, mucho, mucho, a pesar de haber acordado que solo compartirían una noche.

–Podemos pasar unos días más… disfrutando juntos y conociéndonos el uno al otro.

Ellie sintió la impaciencia que transmitían los dedos y los ojos de Matt. Menos de doce horas antes había visto aquellos mismos ojos ardiendo de pasión. Y el deseo seguía allí. Un solo movimiento, una sola chispa y volvería a prender el fuego.

Pero ¿y después de unos días qué? Matt le estaba proponiendo unas horas de placer, tal vez una cena romántica… Antes de salir para siempre de su vida. ¿De verdad estaba dispuesta a revivir el dolor del rechazo, a reabrir las viejas heridas que nunca habían sanado del todo?

Se separó de él y retrocedió hasta chocar con la mesa de la cocina.

–Sé lo que estás sugiriendo… Y la respuesta es no. Anoche lo pasé muy bien, pero…

–Mírame a los ojos y dime que no quieres continuar lo que hemos empezado –la cortó él. Se acercó a ella de nuevo y le tomó la cara entre las manos.

–No quiero que… –una mano bajó por su cuello y su pecho hasta llegar al ombligo– te pares –concluyó con un gemido. Intentó volver a apartarse, pero la mesa se lo impedía. Y de todos modos su cuerpo parecía tener voluntad propia–. No puedo pensar cuando haces eso...

–Entonces mírame y dime sinceramente que no me deseas –acercó el rostro y la besó en la barbilla y en el cuello, haciéndola arquearse hacia atrás. Le puso una mano en el vientre y el sexo de Ellie empezó a palpitar furiosamente. Bastaba con un roce de sus dedos para derretirla.

–Esto es una locura –dijo, abriendo los ojos.

–Estoy de acuerdo –levantó la cabeza y le dedicó una sonrisa letal. Su expresión le prometía todo lo que podría desear. Solo debía tener el coraje para aceptarlo, durase lo que durase.

Matt arqueó las cejas.

–¿Y si nos volvemos locos los dos juntos?

Ellie sonrió sin poder evitarlo.

–No hasta que hayamos dejado unas cuantas cosas claras –lo empujó y se enderezó. Su mente era un caos. ¿Se arriesgaría a enamorarse y a la inevitable decepción?–. Si cambio de idea, tendrás que respetar mi decisión sin hacer preguntas.

Él asintió.

–Hecho.

–Y mientras estemos haciendo locuras juntos, no las harás con nadie más.

–Ellie...

–Con nadie más. No estoy dispuesta a tolerarlo –le temblaba todo el cuerpo y se le entrecortaba la voz al recordar la traición de Heath. Le había hecho creer que era feliz con ella mientras tenía una novia esperándolo en Inglaterra de la que se había olvidado hablarle–. No…

–Tranquila, Ellie. No te estoy pidiendo que nos comprometamos o juremos amor eterno. Lo único que sugiero son unos días de placer y diversión. Solos tú y yo.

–Unos días –lo miró a los ojos, incapaz de creer lo que oía. ¿Cómo podía ofrecerle algo así? Y peor aún, ¿cómo podía haberlo aceptado ella?

–Todo saldrá bien, Ellie –le sostuvo la mirada unos segundos y le tocó la mejilla. Parecía conocer su sufrimiento interno, las heridas que arrastraba, y su sensibilidad y comprensión borraron las dudas y temores que no la dejaban en paz.

–Lo sé.

–Tengo que volver a Sídney un par de días por trabajo. Ven conmigo.

Ellie lo miró boquiabierta.

–¿A Sídney? ¿Y qué pasa con Belle?

–No pondrá ningún problema, te lo aseguro –afirmó él con una sonrisa.

–No sé… ¿Y su huerto? Con este tiempo apenas he podido trabajar, y ella confía en mí para que lo termine mientras está fuera.

–No tienes que volver a trabajar hasta la semana que viene. El avión de la empresa sale a las tres y media y he reservado una mesa para esta noche en el Sídney Tower Restaurant.

Avión de la empresa. Cena en Sídney…

Y la atención exclusiva de Matt.

Se le escapó una risa incrédula. Allí estaba, en su minúsculo tugurio, recibiendo una proposición de un multimillonario irresistible que ya lo había planeado todo por anticipado.

—Estás muy seguro de ti mismo, ¿no?

—Debo estarlo para conseguir lo que quiero.

—No tengo nada que ponerme para cenar en un restaurante de lujo. ¿Y no habías dicho que tenías que trabajar?

—Hasta mañana, no. Y tú estarás preciosa te pongas lo que te pongas.

—¿Trabajas los domingos?

—Se trata de algo urgente y es el único día que pueden reunirse todos los afectados. Tú puedes hacer turismo, ir de compras o quedarte en el apartamento. Como prefieras. Hay un jacuzzi con burbujas y una vista fabulosa de la ciudad.

Una limusina los recogió en el aeropuerto para llevarlos al centro de Sídney. Se bajaron frente a un edificio alto y redondo que sobresalía en George Street, abarrotado de turistas un sábado por la noche. Las luces del vestíbulo contrastaban elegantemente con el granito negro. Ellie había trabajado en Sídney, pero siempre se hospedaba en alojamientos económicos.

Subieron en el ascensor hasta un pequeño vestíbulo. Matt abrió una puerta ancha de madera y una vista impresionante del puerto los saludó a través de los altos ventanales. Ellie lo siguió por el espacioso apartamento, admirando los colores otoñales grises y ambarinos, los cómodos sofás, lo último en equipos electrónicos… Matt dejó el equipaje en un dormitorio y a Ellie se le aceleró el pulso al ver la gran cama de matrimonio con su edredón marrón y sus almohadas albaricoque.

–Estás en tu casa –le dijo él en tono animado, a pesar de la tensión sexual que crepitaba en el aire–. Tengo que preparar unas cosas para mañana. Estaré en mi despacho.

Los negocios siempre se anteponían al placer.

–Está bien –cerró los ojos un momento cuando él se marchó y una vez más se preguntó qué estaba haciendo allí. Ella no era el tipo de chica que se iba con un hombre rico para tener sexo.

Se acercó a la ventana para observar los colores cambiantes del crepúsculo. La noche anterior Matt había sido un hombre normal y corriente, que vestía chaquetas de cuero y que montaba en moto para relajarse. Un hombre que se había revolcado en el fango con ella, que la había ayudado a limpiar el suelo de su cocina y que la había cuidado cuando estaba enferma.

Pero allí, en su verdadero elemento, Matt era otra persona. El mujeriego y el hombre de negocios, más rico y poderoso de lo que ella pudiera imaginar. Alguien que siempre estaría fuera de su alcance.

Pero también era el hombre que le había dado el mejor sexo de su vida…

Tenía que concentrarse exclusivamente en el

placer y no ahondar en las emociones. No podía exponerse a sufrir de nuevo.

Colocó su maleta en la cama, sacó su vestido negro y abrió el guardarropa en busca de una percha. Se encontró con una fila de vestidos de noche, pulcramente dispuestos en orden de color, del negro a blanco. Se le hizo un nudo en el estómago y le temblaron las manos. ¿La última amante de Matt se habría dejado allí la ropa interior también?

Arrojó su sencillo vestido de algodón a la cama y abrió los cajones de la cómoda para rebuscar entre calcetines, calzoncillos y boxers. Encontró una abundante provisión de preservativos en el cajón de la mesilla. Al menos Matt era precavido, pensó mientras cerraba el cajón con fuerza.

–¿Ellie? ¿Qué haces?

Se giró y vio a Matt en la puerta, mirándola con el ceño fruncido.

–Me gustaría saber por qué me has invitado a venir cuando es obvio que tienes compañía femenina de sobra.

Matt miró el armario, abierto, y le cambió la expresión.

–Me olvidé de decírtelo… Esos vestidos son para ti, para que puedas elegir algo que ponerte esta noche. Los compré en la boutique de la planta baja. Ponte el de color púrpura, o el turquesa. Salimos dentro de media hora.

Capítulo Once

A trescientos metros de altura, el restaurante ofrecía una de las vistas más espectaculares de Sídney. Pero Matt apenas se fijaba. Prefería contemplar el reflejo de las luces de la ciudad en los ojos de Ellie, la forma en que se curvaban sus labios al hablar y el juego de luces y sombras sobre el escote del vestido color turquesa.

No se parecía en nada a las mujeres con las que había salido. Lo que carecía de sofisticación lo compensaba con un entusiasmo desbordado. Comía con un apetito voraz, a diferencia de las que solo tomaban unos bocados de ensalada y solo sabían hablar de dietas y de moda. Ellie hablaba de sus sueños y esperanzas para montar su negocio de jardinería.

Tomó un sorbo de champán y se preguntó cuántas sorpresas más lo aguardaban mientras veía cómo Ellie pelaba la última gamba con el mismo cuidado con que se ocupaba de sus semillas de cilandro. Se la llevó a la boca y luego mojó los dedos en el cuenco de agua y se los secó uno por uno con la servilleta. Aquellos dedos cortos y delgados fascinaban a Matt, quien se removió en la silla recordando su tacto en la piel.

Y eso que apenas habían empezado… El cuerpo

le ardía y la ingle se le endurecía al pensar en todo lo que quedaba por descubrir. Y en el poco tiempo que tenían para ello.

Ella lo miró, con unos ojos casi negros, y él supo sin ninguna duda que los dos estaban pensando en lo mismo.

—La cena ha sido maravillosa —le dijo mientras se limpiaba la boca con la servilleta.

—Solo ha sido el comienzo —dijo él, dejando su servilleta en la mesa—. ¿Nos vamos?

Un destello cruzó la mirada de Ellie y sus carnosos labios se curvaron en una sonrisa de complicidad.

—Creía que nunca lo propondrías.

—No hemos tomado postre —le recordó ella con voz jadeante al oído cuando él la apretó contra la puerta del apartamento nada más entrar.

—El postre está sobrevalorado —sacó la llave mientras le besaba el cuello—. Tengo delante de mí todo el dulce que pueda desear… —abrió la puerta y entraron a trompicones.

Matt cerró con un puntapié, la agarró por las muñecas para volver a aprisionarla contra la pared y sucumbió a las llamas que llevaban abrasándolo toda la noche. Le sujetó las manos sobre la cabeza para sentirla por completo, desde la boca hasta los pechos, los muslos y las rodillas, y la besó vorazmente mientras frotaba su erección contra ella hasta que ambos estuvieron sumidos en el delirio.

Le recorrió un brazo con la mano, desde la yema de los dedos hasta la palma, desde el codo hasta el hombro. Se detuvo en el cuello, donde le latía frenéticamente el pulso, y descendió hasta un pecho para deleitarse con su turgencia y firmeza. Le encantaba cómo ella se arqueaba de placer para apretarse contra su mano.

Y en aquel momento de apremiante deseo, se olvidó de las precauciones y de que siempre mantenía las emociones a raya. Quería que Ellie se lo diera todo, hasta que los dos se consumieran.

Se echó un momento hacia atrás para contemplarla. Con los brazos sobre la cabeza y arrinconada contra la pared, le recordaba a una sirena que lo atraía a la perdición. A la luz de la ciudad que entraba por las ventanas, podía ver el brillo del deseo en su rostro y sus brazos.

Bajó los dedos, tensos, hasta su cintura, siguió la curva, el contorno, el descenso hacia sus partes más íntimas y sensibles. No tuvo tiempo para deleitarse con la exploración manual, porque Ellie le agarró la camisa y se la desgarró con un fuerte tirón. Los botones cayeron al suelo y ella extendió las palmas sobre su pecho desnudo mientras emitía un ruidito a medias entre una disculpa y una risita.

—Espero que no sea tu mejor camisa…

—Tengo más —la levantó y la llevó al dormitorio con la camisa rota colgando de sus brazos. La respiración acelerada y jadeante de Ellie aumentaba su impaciencia, como si fuese la primera vez que iba a acostarse con una mujer.

Ella se llevó las manos a la espalda, empujando los pechos hacia delante, y Matt oyó el crujido de la cremallera. Le deslizó las manos bajo los tirantes y el vestido cayó al suelo con el susurro de la seda, seguido por el resto de sus ropas. Los dos cayeron en la cama, desnudos y abrazados. Sin palabras, unidos por el placer irracional y el goce mutuo. Matt se festejó con su piel sudorosa, bebió ávidamente de su boca y se tragó el gemido que surgió de la garganta de Ellie cuando introdujo su dolorosa erección en la fuente de calor líquido.

Ella se arqueó para recibirlo, como si hubiera estado esperándolo toda una vida. Se aferró a sus hombros y le arañó la espalda con las uñas. Matt metió una mano entre sus cuerpos unidos y la tocó en su punto más sensible, viendo cómo sus ojos adquirían un color azul oscuro.

–Matt… No puedo más…

Él ahogó su súplica con la lengua y volvió a tocarla, trazando pequeños círculos con el dedo pulgar.

–Sí que puedes… vamos –no se equivocaba, porque pocos segundos después el cuerpo de Ellie se convulsionó bajo el suyo y pegó la boca a su cuello para lanzarla al orgasmo–. Otra vez –la apremió, y esa vez la acompañó por la espiral de placer y jadeos frenéticos.

Los dos recibieron lo que querían y deseaban, el uno del otro, sus bocas unidas, sus cuerpos pegados, sus corazones latiendo al unísono en la frenética carrera hacia el éxtasis.

Saciados, exhaustos y jadeantes, yacieron íntimamente abrazados. Ellie seguía estremeciéndose de placer, sin importarle que Matt no hablara. Al menos había derribado algunas de las barreras erigidas la noche anterior. Satisfecha, se acurrucó contra él y se durmió sin analizar la situación ni anticiparse al futuro.

—¿Necesitas que te frote la espalda?

Ellie se giró en la gran bañera de mármol. Había decidido darse un baño después de pasarse el día paseando por la ciudad y de echarse una larga siesta.

Matt llevaba un cuenco de fresas en una mano y una botella y dos copas en la otra. Lo dejó todo junto a la bañera y se desabrochó la camisa. A Ellie se le aceleró el pulso al verlo tan atractivo y varonil, con una barba incipiente oscureciéndole la recia mandíbula y el vello del pecho reluciendo al sol rojizo del atardecer.

—¿Solo la espalda?

Matt se desabrochó el cinturón, se bajó la cremallera y sacó un preservativo del bolsillo mientras su erección pugnaba por escapar de sus boxers azul marino.

—Lo que tú quieras… Estoy aquí para cumplir todos tus deseos.

Ellie sonrió y se reclinó contra la bañera mientras él se quitaba la ropa interior.

—En ese caso…

Un rato después, con el agua lamiéndole los pechos, se recostó contra Matt mientras él le daba de comer las fresas.

—Esto es vida.

Él le vertió un puñado de espuma en el hombro y se la extendió por el brazo.

—Disfrútalo. Nos vamos mañana por la mañana.

—¿Ya has acabado aquí? —le preguntó ella con una punzada de decepción.

—Sí —se movió, derramando el agua, para dejar su copa sobre los azulejos—. Ellie, mañana por la noche tengo que asistir a una fiesta en la oficina de Melbourne. Es la celebración del solsticio y hay que vestirse con trajes para la ocasión. Quiero que vengas conmigo.

A Ellie le dio un vuelco el corazón. Una cosa era tener una aventura, pero otra muy distinta era dejarse ver en público, especialmente entre sus colegas del trabajo. ¿Significaría que…?

No, no podía pensar en ellos como si fueran una pareja. Él se lo había dejado muy claro. Si le pedía que fuera con él era solo porque necesitaba una acompañante para la velada. El corazón se le encogía de emoción al imaginarse calzando las zapatos de cristal y jugando a ser una princesa por una vez en su vida, pero la magia no duraría y ningún príncipe iría a buscarla en una fría mañana de invierno, y mucho menos alguien como Matt. Lo único que tenían en común era el sexo.

—Es una recaudación benéfica —insistió Matt—. No lejos de tu casa. Y Yasmine estará allí. Es muy divertida y sé que te gustará. Se ha encargado de mi traje y le pediré que busque algo para ti.

–No, gracias –Ellie la jardinera no quería hablar con la despampanante Yasmine–. Las fiestas de oficina no son lo mío. Me sentiría fuera de lugar.

–¿Fuera de lugar? ¿Por qué? Todos van a ir acompañados de sus parejas.

–Vamos, Matt, sabes a lo que me refiero. Nosotros no somos una pareja. Solo somos dos personas que se acuestan juntas.

–Somos…

–Y los dos sabemos que pertenecemos a mundos diferentes.

–¿Crees que eso supone alguna diferencia para mí?

–Puede que para ti no, pero para mí sí.

–Solo porque tú quieres. ¿Quién te metió estas ideas en la cabeza, Ellie?

–Un hombre al que conocí hace tiempo –no se dio cuenta de que lo había dicho en voz alta–. Y él no me metió ninguna idea en la cabeza. Simplemente me abrió los ojos.

–¿Un amante?

–Se llamaba Heath.

–¿Dónde lo conociste?

–Yo estaba trabajando en una floristería de Adelaide. Él procedía de una familia rica del Reino Unido y estaba de vacaciones. Vino a la tienda a hacer un pedido para el extranjero y nos pusimos a hablar. A la mañana siguiente me encontré con un enorme ramo de rosas en el mostrador. Me trató como a una princesa y me prometió el cielo y la tierra. Semanas después se vino a vivir conmigo. Yo sabía que mi apartamento lo asqueaba, pero como era yo la que pagaba el alquiler…

—Maldito cerdo.

—Sí… sobre todo cuando descubrí que tenía una novia en su país con la que iba a casarse al mes siguiente. Debería haberlo sospechado cuando encargó las flores, pero confié en él y era muy bonito volver a tener a alguien en mi vida. Por desgracia, solo fue una aventura pasajera…Aunque me sirvió para saber quién soy, conocer mi lugar en el mundo y no hacerme falsas esperanzas con nadie.

—Mírame, Ellie —la hizo girarse y se colocó sus piernas alrededor del torso—. ¿Te recuerdo a Heath?

—No —respondió ella sinceramente. A diferencia de Heath, Matt era un hombre íntegro y honesto.

Continuó observándolo a medida que los últimos rayos de sol teñían su rostro de bronce. Y aquel fue su gran error, porque el corazón empezó a latirle de un modo extraño y diferente, errático, envuelto en una espiral de calor que hacía aflorar un sentimiento largamente olvidado… Amor.

No, aquella palabra no tenía sitio en su vida.

—¿Tienes otro preservativo a mano? —le preguntó para alejarse del peligro.

El lunes por la mañana, después de que el chófer de Matt la dejara en casa, Ellie decidió tomarse el resto del día libre para tantear un par de ofertas de trabajo en el ayuntamiento, por si acaso no conseguía el empleo de Healesville al día siguiente.

Si se quedaba en casa se compadecería de sí misma y tendría mucho tiempo para pensar, algo que no quería hacer. No tenía nada que ponerse para una fiesta formal, y aunque lo tuviera, seguiría sin encajar en aquel ambiente.

Se duchó y se puso unos pantalones negros y una chaqueta. Matt se había pasado trabajando todo el vuelo de regreso a Melbourne y no había dicho cuándo volverían a verse. ¿Habría desistido de seguir viéndola tras haber rechazado Ellie su invitación?

Recibió una llamada de un número desconocido al móvil.

—¿Ellie? Hola, mi nombre es Yasmine y trabajo con Matt en McGregor Architectural.

Ellie tragó saliva y se dejó caer en el sillón más cercano.

—Eh… Hola…

—Matt está muy ocupado en estos momentos, pero me ha pedido que te llame para ver si podía hacerte cambiar de idea sobre la fiesta de esta noche. Y antes de que me digas que no, déjame decirte que si no consigo convencerte Matt me pondrá de patitas en la calle.

—Pero…

—¿Estás en casa?

—Sí, pero…

—Genial. Voy camino de tu casa. Llevo pasteles… y un montón de trajes para que te los pruebes.

Capítulo Doce

Matt salió del coche en cuanto el chófer aparcó frente al edificio de Ellie. Se tiró del lazo que le sujetaba la capa color esmeralda, que lo estaba ahogando, y por unos instantes se sintió como si estuviera en su primera cita. Aunque, en cierto sentido, acudir acompañado por Ellie a una fiesta era como una primera cita para ambos.

Gracias a Yasmine, una extraordinaria colega y trabajadora excelente.

Llamó a la puerta y respiró con agitación mientras esperaba. No podía contener los nervios… y casi se cayó de espaldas cuando la puerta se abrió.

Ante él tenía una figura menuda y encantadoramente ataviada con una túnica medieval de terciopelo carmesí y manga larga que rozaba unas delicadas zapatillas. Encima llevaba una capa del mismo color con capucha y ribete de piel blanca. Una guirnalda color marfil le coronaba la cabeza y diminutas bayas rojas destellaban en los rubios cabellos… que aquella noche era liso y suave.

Matt se perdió un momento en las profundidades de aquellos ojos violeta que brillaban de nerviosismo. Ella agarró con tanta fuerza las cuerdas del bolso de terciopelo que sus nudillos palidecieron.

–¿No vas a decir nada? –lo acució.

–Buenas noches, Ellie –apenas había recuperado el aliento, y la fragancia a fresas de Ellie lo envolvía como un sueño–. Estás… increíble –la besó en la mejilla, casta y recatadamente. Pero por dentro sentía una turbación desconocida. De repente, la idea de volver a Sídney en un par de días se le antojaba muy desagradable. Aquella noche tal vez fuera la última oportunidad que tuvieran para estar juntos.

–Gracias –la respuesta de Ellie lo devolvió al presente–. Tú también estás muy bien –le recorrió el torso con los ojos y a Matt le hirvió la sangre.

Más tarde, se prometió en silencio. Más tarde disfrutaría de algo más que de su mirada.

–El Rey del Acebo.. Muy apropiado para ser el jefe. Pero ¿dónde está la corona de acebo?

–No soy tan masoquista –dijo él, sonriendo.

–Qué lástima –ella también sonrió–. No sabía que por aquí se le diera tanta importancia al solsticio de invierno. Creía que era una tradición del hemisferio norte, pero Yasmine me ha puesto al corriente –cerró y echó el nuevo cerrojo de seguridad que Matt había hecho instalar.

–Así que Yaz y tú habéis congeniado, ¿no? –la agarró del codo para bajar la cochambrosa escalera.

–Tienes suerte de contar con una amiga como ella –su tono de voz, serio y pensativo, recordó el estilo de vida de Ellie, errante y solitario.

–También puede ser amiga tuya.

–No lo creo. Dentro de poco te marcharás.

Matt no supo si fue el aire invernal o las palabras de Ellie, pero sintió un escalofrío en la espalda cuando salieron a la calle.

Una vez en el interior de la limusina, sirvió dos copas de champán y le entregó una a Ellie.

–Por una agradable velada.

–Por una agradable velada –repitió ella, brindando con su copa.

Limusinas con chófer y champán… Qué rápidamente se había acostumbrado a aquellos lujos. Y qué fácilmente podría darlos por sentado.

–Para que te lo pongas esta noche –dijo Matt, sacando un estuche aterciopelado del bolsillo.

–Vaya… –el corazón le palpitó con fuerza ante aquel detalle inesperado. No es necesario…

–Puede que no, pero quería hacerlo –le quitó la copa y le puso el estuche en las manos–. Ábrelo.

Ellie levantó la tapa con dedos torpes y temblorosos. Sobre un lecho de negro satén relucía un brazalete de diamantes que debía de haber costado una fortuna.

Era una pieza sorprendente. Maravillosa. Pero también escandalosamente cara. ¿Cómo podía gastarte alguien tanto dinero en una joya?

–Es precioso… –murmuró, sobrecogida, mientras acariciaba las piedras preciosas–. Pero nunca voy a tener ocasión de llevarlo.

–Lo harás esta noche –Matt agarró el brazalete y se lo sujetó alrededor de la muñeca.

Ellie levantó y giró el brazo para contemplar el destello a la luz de las farolas.

–Me pregunto cuántos niños del Tercer Mundo podrían comer con el dinero que ha costado.

–Ellie, no siempre se trata del dinero. Esto es un regalo para demostrarte lo mucho que... –su expresión era inescrutable, pero Ellie sintió una corriente de placer prohibido.

–... lo mucho que me disfrutado contigo esta semana –concluyó él–. Por favor, acéptalo como lo que es.

Ellie tuvo la impresión de que le hablaba con voz tensa y forzada, pero no, no podía ser. A diferencia de ella, Matt McGregor no perdería tiempo preocupándose por el valor del brazalete.

–Lo siento, no pretendía parecer desagradecida –dijo, admirando la pulsera en vez de mirarlo a los ojos. Si lo miraba recordaría el poco tiempo que les quedaba por estar juntos. La belleza del brazalete, sin embargo, siempre le recordaría aquel maravilloso interludio en su vida.

Las oficinas de McGregor Architectural, situadas en la planta cuarenta y dos y con una espectacular vista de ciento ochenta grados de la ciudad, estaban convenientemente engalanadas para la ocasión con laurel, hiedra, romero y ramas de pino, cuya fragancia boscosa se mezclaba con el olor de la cera derretida, la cerveza y la sidra caliente.

Matt se sintió orgullosamente satisfecho cuando Ellie ahogó un gemido de asombro al salir del ascensor. Había dedicado los últimos quince años de su vida a levantar aquella empresa, trabajando día y noche durante semanas y meses seguidos.

—Yasmine y el comité organizador han hecho un buen trabajo —comentó, deteniéndose un momento para apreciar la celebración que se desarrollaba ante ellos y la sensación de la mano de Ellie en la suya.

Altas velas rojas y ambarinas, farolillos de papel, música medieval, bandejas de quesos, nueces y frutos secos sobre paños dorados…

—Ven a conocer a algunos de mis colegas —apenas había dado un paso cuando Yasmine, hermosamente ataviada con una túnica griega que dejaba sus hombros al descubierto, salió a su encuentro. La diadema de abalorios dorados se balanceó en su cabeza al besar a Matt en la mejilla.

—Hola, guapo —lo saludó, antes de entrelazar el brazo con el de Ellie y apreciar su vestido—. Buena elección… Ven conmigo, hay alguien a quien quiero que conozcas. Luego iremos a ver los tesoros que subastarán esta noche. No te importa, ¿verdad, Matt? John Elliot quiere hablar contigo del proyecto Dockland —señaló vagamente el grupo de hombres que había en un rincón y se llevó a Ellie antes de que Matt pudiera decir nada—. No te preocupes, te la devolveré.

Matt descubrió, sorprendido, que sí que le importaba. Por una vez en su vida no quería hablar de trabajo. Quería hablar con Ellie, su pareja, a quien Yaz se llevaba hacia un grupo de mujeres. Quería compartir la velada con ella, no con un viejo pesado y aburrido que solo vivía para el trabajo y los negocios… Una versión avejentada de sí mismo.

Aquel pensamiento lo aturdió. ¿De verdad se veía como un futuro J.H. Elliot? ¿Un soltero maduro al borde de una crisis nerviosa y sin nada con que llenar sus últimos años aparte del trabajo? ¿Eso era en lo que se estaba convirtiendo? La perspectiva no resultaba muy estimulante…

Necesitaba una copa para borrar la inquietante perspectiva. Se acercó a la mesa de las bebidas para servirse un vino con especias y luego se mezcló con el personal de camino a los ventanales, desde donde se dominaba el centro de la ciudad y la negra bahía de Port Phillip.

–Matt.

Distraído, se giró hacia Joanie, que llevaba una túnica de brocado bermellón.

–Joanie… Estás muy guapa esta noche.

–Gracias –le entregó una vela gruesa y achaparrada–. Parece que la fiesta ha sido un éxito.

–¿Cómo va la subasta?

–Muy bien. ¿Ya has decidido a quién donar la recaudación?

Matt había pensado en Ellie y sabía que ella estaría encantada con la idea. También había empezado ya a trazar los planos.

–Vamos a donarla a un centro para niños desfavorecidos. Te daré los detalles más adelante.

–Me parece una causa muy noble –aprobó Joanie.

Matt vio a Ellie entre los invitados. Estaba hablando con Spencer, del departamento de contabilidad, y debía de ser una conversación muy interesante a juzgar por cómo ella le sonreía y se inclinaba para escucharlo con atención.

A Matt nunca le había gustado aquel tipo, y al verlos juntos sintió una dolorosa punzada en el pecho.

—¿Conoces el ritual? —le preguntó Joanie.

—Yaz me lo ha explicado —respondió él sin apartar los ojos de Ellie.

—Entonces, ¿qué tal si empezamos? Creo que todo el mundo tiene una vela.

Joanie dio unos golpecitos con una cuchara de plata en una copa para llamar la atención de los presentes. Todos formaron un círculo para iniciar el ritual, pero Matt cruzó la estancia y agarró a Ellie de la mano.

—Antes de empezar me gustaría presentaros a Ellie —la miró a sus hermosos ojos violeta y dijo algo que nunca antes había dicho—: Está conmigo.

No tuvo tiempo para analizar la extraña sensación que lo invadió al decirlo, porque Yasmine les pidió a todos que se sentaran en el suelo y que se apagaran las luces. La sala quedó a oscuras, salvo por las luces de la ciudad, cuarenta pisos más abajo, que se proyectaban en el techo.

Matt apenas oyó las explicaciones que daba Yasmine sobre la tradición del solsticio invernal. La lucha entre la luz y la oscuridad. Un tiempo para liberarse de los resentimientos y pesares. Agarró los dedos de Ellie y la miró fijamente durante el momento de silencio para la reflexión personal. ¿Quién era la verdadera Ellie que se ocultaba tras aquellos ojos violeta? ¿Llegaría a conocerla realmente antes de marcharse? Conocía algunas de sus esperanzas y temores, pero ¿y sus secretos?

Sus labios lo tentaban de manera irresistible. Inclinó la cabeza para besarlos y perderse en su cálida fragancia y dulce sabor…

Alguien carraspeó, Ellie se echó hacia atrás y Matt oyó el susurro de Yasmine en la otra oreja.

–Si estás listo, Matt…

Se sacudió mentalmente. Por amor de Dios… Cuando antes se marchara de Melbourne y pudiera reconcentrarse en su trabajo, mejor. El trabajo era su único propósito en la vida.

Se levantó y colocó su vela en el cuenco de agua que Yasmine había dejado en el centro del círculo. Al encender la mecha la diminuta llama iluminó su palma. Uno a uno los participantes se levantaron, encendieron sus velas con la de Matt y las colocaron alrededor de la suya. Finalmente, Yasmine habló del triunfo del sol sobre las tinieblas y de la promesa de un luminoso futuro.

Las luces se encendieron, la música volvió a sonar y las copas se llenaron de vino, cerveza y sidra. Los camareros empezaron a servir bandejas de brochetas y entremeses salados, aperitivos y pan de hierbas. También se sirvieron una variedad de sopas en pequeños vasos.

Matt llevó a Ellie de la mano hacia la ventana y se percató de su muñeca desnuda.

–¿Dónde está la pulsera?

Ellie no se miró la muñeca. No tenía dinero para contribuir a la obra benéfica, de modo que había donado el brazalete de diamantes.

–No he tenido ocasión de decírtelo hasta ahora. Cuando me enteré de que ibas a donar los fondos al centro, yo también quise ayudar. El brazalete valdrá mucho más para esa causa que en mi brazo… Lo siento si es una ofensa para ti –añadió rápidamente.

Él le puso un dedo en la barbilla y la miró a los ojos.

–No es ninguna ofensa para mí, Ellie.

–No esperaba que lo entendieras…

Pensó que él iba a decir algo, pero él se limitó a mirarla con una expresión curiosa.

–Si me disculpas un momento, hay un asunto que requiere mi atención –se giró bruscamente y se alejó hacia el otro extremo de la sala.

Ellie se volvió hacia la ventana y contempló la ciudad que se extendía a sus pies. Lo había ofendido, no había duda, pero a ella no le importaba. Era otra prueba de que no encajaban como pareja. Se apretó el nudillo bajo la nariz e intentó convencerse de que la visión empañada se debía a la lluvia y no a las lágrimas.

–¿Ellie? ¿Qué haces aquí sola? ¿Matt te ha abandonado?

No tuvo que volverse para saber que era Yasmine la que estaba a su lado.

–Solo estoy admirando la vista –respondió con un tono excesivamente despreocupado. No quería que nadie la viera llorar–. Es impresionante, ¿verdad? Matt está literalmente en la cima del mundo.

Yasmine tardó unos segundos en hablar.

–A Matt le costó años de esfuerzo y sacrificio llegar hasta aquí.

–Parece que os conocéis desde hace mucho.

–Doce años. Si te estás preguntando por nuestra relación, te diré que somos amigos y confidentes, pero nada más. Nunca hemos sido amantes.

Ellie asintió, fijando sus ojos llorosos en un lejano rascacielos.

–Te pido disculpas si te ha parecido que insinuaba otra cosa.

–Lo quiero mucho, pero es como un hermano para mí.

Ellie miró el reflejo de Yasmine en el cristal.

–Nunca me ha hablado de su familia.

–No habla de su familia con nadie, ni siquiera conmigo. Pero sé que ha conseguido todo esto por si solo. Se pagó los estudios y nunca ha recibido un centavo de Belle.

A Ellie se le formó un doloroso nudo en el estómago.

–Gracias por contarme esto. Creo que acabo de decirle algo a Matt que no debería haberle dicho.

Yasmine le sonrió.

–¿Por qué no vas con él?

Ellie se detuvo en la mesa del bufé para llenarse un plato de suculentas viandas y luego buscó a Matt. Lo encontró al fondo de la sala, con una mano en el bolsillo mientras hablaba con un par de hombres y sus parejas. Se había quitado la capa y ofrecía un aspecto arrebatador vestido de negro de la cabeza a los pies.

La sorprendió mirándolo y apretó visiblemente el puño y la mandíbula. La sonrisa se esfumó de su rostro y su expresión se tornó seria. Le dijo algo al grupo y se acercó a Ellie, cuyo corazón amenazaba con salírsele del pecho. El tiempo pareció ralentizarse. Todo se volvió borroso, salvo la radiante figura de Matt.

–¿Tienes hambre? –le preguntó ella, y le ofreció el plato con manos temblorosas.

Él agarró un aperitivo.

–Sí, pero no de comida precisamente –le dio un mordisco y deslizó la otra mitad entre los labios de Ellie, dejando los dedos quietos cuando ella abrió la boca.

–Antes te he ofendido. Lo siento.

–Al contrario –dijo él–. Fue un baño de realidad.

–No puedo entenderte si no me cuentas nada.

En vez de darle una explicación, Matt le quitó el plato, lo dejó en una mesa cercana y le agarró la mano.

–¿Qué tal si nos vamos de aquí? –le propuso en voz baja, y tiró de ella hacia los ascensores.

Capítulo Trece

En casa de Belle el aire era fresco, pero no frío, y se mezclaba con el olor a lino limpio y a la loción de Matt. Un rayo de luna caía oblicuamente sobre el edredón, y un búho ululaba en algún árbol al lado de la ventana.

Matt la desvistió despacio y con habilidad, sin necesidad de decir nada. El hermoso vestido cayó al suelo, seguido por la ropa interior. Cuando la tuvo desnuda salvo por el medallón, metió la mano en el bolsillo y sacó la pulsera de diamantes.

–Esto es para ti –se la colocó en la muñeca–. Por favor, llévala y no preguntes.

–¿Cómo…?

Él le puso un dedo en los labios.

–He dicho sin preguntas. Lo único que necesitas saber es que el dinero ha ido a una buena causa.

–Oh… –a Ellie se le hizo un nudo en el pecho y los ojos se le llenaron de lágrimas. Gracias… Es precioso.

–El centro infantil contará con la ampliación de la que hablabas. Iré la semana que viene a tomar las medidas, y ya he trazado algunos planos.

–Gracias de nuevo.

No era el momento de pensar en el día siguiente ni en la próxima semana. Ya habría tiempo para eso… cuando se pusiera a llorar y a reprenderse a sí misma por haber dejado que las cosas llegaran a aquel punto. Pero de momento se aferraría al presente y al incomparable placer que le ofrecía el hombre que la llevaba en brazos a la cama. A la ternura y la pasión. A los susurros y gemidos. Al suave tacto de unas manos fuertes y masculinas y a los besos de unos labios enloquecedores a la luz de la luna.

Y cuando él la llevó al orgasmo, haciéndola estallar en mil pedazos y sacudiendo los cimientos que sostenían su mundo, supo que, lo quisiera o no, aquella abrumadora sensación que le barría el cuerpo, la mente y el alma era amor. Puro y verdadero amor. Entregado libremente, sin el menor remordimiento por sentirse segura, protegida y deseada. Anhelando sentirse amada…

Matt la miró desde arriba, apoyado con los brazos a ambos lados de sus caderas, introducido en ella, envuelto por su calor único mientras ambos se movían al mismo ritmo. Nunca había visto nada más hermoso que a Ellie enredada en sus sábanas. El destello dorado de su medallón, las piedras preciosas en la muñeca, el halo de sus cabellos teñidos por el resplandor plateado de la luna cuando finalmente se quedó dormida a su lado.

Ella era su santuario, su refugio particular donde no tenían cabida las preocupaciones del mundo exterior. Poco a poco se iba hundiendo en el pozo de su corazón. Nunca había experimentado una conexión semejante, aquella sensación de plenitud, de ser uno solo. Ellie era la mujer más especial que había conocido. Era orgullosa y al mismo tiempo humilde, fuerte y vulnerable, decidida y generosa. Y nunca fingía ser otra cosa de lo que era.

A diferencia de él…

Cierto era que la deseaba más que nada en el mundo, pero sabía muy bien que Ellie no se conformaría con una relación basada en el sexo. No estaba siendo justo con ella. Y con él tampoco. Ellie había sufrido la traición de sus seres queridos y merecía a alguien que la amase y se mantuviera fiel a su lado. Necesitaba seguridad, amor, un hogar, una familia…

Y Matt no podía dárselo.

Ella se estaba enamorando de él. Y él no había hecho nada por evitarlo. Se había limitado a disfrutar de su aventura sin preocuparse por los sentimientos de Ellie, como un egoísta sin escrúpulos.

Con mucho cuidado de no despertarla, se levantó, se vistió sin hacer ruido y salió de la habitación. Necesitaba montar en moto. Salir de la ciudad y acelerar a fondo por cualquier carretera recta y desierta a las cinco de la mañana. De alguna manera tenía que convencer a Ellie de que él no era el hombre adecuado para ella.

Ellie vació otra canastilla de albahaca. Al despertarse aquella mañana había decidido que empezaría a trabajar temprano… Yacer junto a Matt, sentir su fuerza y calor masculino en su espalda, su aliento en la oreja, y preguntarse si aquella sería la última vez que estuvieran juntos era al mismo tiempo un placer y una tortura.

Pero cuando alargó el brazo para despertarlo descubrió que estaba sola en la cama. Al principio pensó que estaría haciendo café, pero su inquietud fue en aumento cuando no lo encontró por ninguna parte. ¿Dónde se había metido y por qué no le había dicho nada? No le había dejado ninguna nota y su moto no estaba en el garaje.

Había salido a trabajar al jardín con la esperanza de distraerse. Para aquel día tenía planes muy importantes y no podía cambiarlos. El trabajo de Healesville era a jornada completa y tendría que tomar trenes y autobuses si se quedaba en Melbourne. Pero era un desafío muy emocionante y quería ver en qué consistía. Tenía la entrevista a las cuatro.

El rugido de un motor acercándose por el camino de entrada anunció el regreso de Matt. Ellie dejó la pala en la tierra y vio cómo detenía la moto cerca del garaje. Se quitó el casco y los guantes y los dejó en el suelo. Su expresión era seria, severa, con la boca apretada y los ojos en sombras.

—Hola —Ellie fue hacia él, sacudiéndose la tierra del mono mientras las mariposas le revoloteaban en el estómago. Él no hizo ademán de ir a su encuentro. Se quedó donde estaba, tan rígido como una de las estatuas del jardín.

Ellie se detuvo ante él. Las mariposas se multiplicaron. Matt tenía los ojos inyectados en sangre, seguramente por la falta de sueño, pero su expresión era inescrutable.

—¿Qué ocurre?

No recibió respuesta.

—¿Por qué estás enfadado?

—No estoy enfadado, Ellie —respondió él por fin—. Frustrado, quizá. Hoy vuelvo a Sídney.

Lo dijo como una simple declaración de intenciones. Sin el menor remordimiento por su parte.

A Ellie la habían abandonado muchas veces y debería ser inmune a los efectos del rechazo, pero una vez más sintió cómo se le partía el corazón y cómo iba perdiendo su energía vital, gota a gota.

Desde el principio había sabido que aquella relación tenía fecha de caducidad, pero no por ello resultaba menos doloroso.

Y sin embargo, la noche anterior habría jurado que Matt… sentía algo por ella.

—Creía que… tendrías unos días más…

—Necesito estar allí lo antes posible —dijo él con una voz tan inexpresiva como su rostro—. Los…

—Ya sé, ya sé. Los negocios van antes que el placer —intentó hablar con normalidad, y esbozar un atisbo de sonrisa. Era hora de aceptar lo inevitable y asumir el control de su vida. Hora de marcharse. En esa ocasión sería ella quien se marchara sin mirar atrás y no al revés—. Lo entiendo, de verdad. Yo también tengo cosas de las que ocuparme hoy. Lo hemos pasado muy bien, pero es hora de seguir adelante. No somos…

—Aquí estáis —la voz de Belle los hizo girarse a

ambos. Caminaba hacia ellos desde la puerta trasera, todavía con su abrigo negro puesto y la brisa revolviéndole el cabello beis.

—Belle... —Matt fue hacia ella. La tensión se adivinaba bajo su chaqueta de cuero—. ¿Por qué no me has dicho que volvías hoy? Habría ido a recogerte.

—No es necesario —lo besó en la mejilla y sonrió a Ellie mientras hablaba—. Me imaginé que estarías ocupado y no quería molestarte, así que me vine en taxi.

—Solo estábamos...

—Sí —Belle le acarició la mejilla y Ellie supo por su expresión que lo había oído todo—. Os dejaré que acabéis lo que estabais haciendo mientras preparó café, ¿de acuerdo?

—Enseguida vamos, Belle —Matt se volvió hacia Ellie. Su expresión volvía a ser impenetrable—. Vamos a tomar café con Belle. Luego seguiremos hablando de nosotros.

Asintió y los dos caminaron hacia la casa en silencio.

De algún modo consiguió sentarse con Matt y Belle en la cocina y participar en la conversación mientras tomaban café y galletas de chocolate, pero apenas se enteró de lo que nadie decía, ni siquiera ella. Lo que sí llamó su atención fue el aspecto de Belle. Pantalones negros, camiseta rosa con bordados negros, una piel casi sin arrugas que desmentía sus setenta años, pelo corto, liso y rubio, sin apenas canas. Unos ojos que oscilaban entre el azul y el índigo... Y algo que le resultaba extrañamente familiar. Algo que nunca había percibido hasta ese momento.

Belle dijo que quería hablar con ella a solas y se la llevó al salón, donde se sentó en un sillón y le indicó que se sentara a su lado.

–Eloise, al entrar en mi habitación he visto que has devuelto el ángel. ¿Puedo preguntar por qué?

–Alguien entró en mi apartamento la otra noche y pensé que estaría más seguro aquí –se removió incómodamente en el asiento–. Me encanta ese ángel, Belle. De verdad. Pero creo que es mejor que te lo quedes tú. Yo solo soy tu jardinera, y Matt me ha dicho que costó mucho dinero.

–Así es –afirmó Belle–. Debería haber esperado hasta ahora para dártelo, pero no quería esperar. Los ángeles de la guarda son muy importantes.

–No lo entiendo –a Ellie le temblaba la voz. ¿Por qué Belle le había regalado una pieza tan valiosa? De repente la asaltó el impulso de salir corriendo y alejarse de Belle, de Matt y de aquella casa. Pero estaba segura de que se desmayaría antes de alcanzar la verja.

–Eloise… –Belle se inclinó hacia ella, mirándola a los ojos–. Tu medallón. ¿Recuerdas que te pregunté por él y que me enseñaste la foto de tu madre con un bebé?

Ellie se llevó inconscientemente los dedos al corazón dorado suspendido alrededor del cuello.

–Sí…

Belle esbozó la sonrisa más triste que Ellie había visto en su vida.

–Le puse el colgante a mi hija el día que nació... El mismo día que me la arrebataron.

Ellie apretó el colgante en el puño.

–Pero mi madre me dijo que...

–Fue en 1963 –continuó Belle, en tono sereno y con los ojos llenos de lágrimas al recordar un tiempo lejano–. Yo tenía diecinueve años, estaba soltera, sola y no volvería a ver a mi hija.

–¿Tu hija? –a Ellie se le detuvo el corazón. Las imágenes chocaban y se fundían como una acuarela pintada bajo la lluvia.

–Aquella niña era tu madre, Eloise. Y yo soy tu abuela.

Capítulo Catorce

–No –Ellie sacudió la cabeza con rechazo–. Mi abuela murió en un accidente con mi abuelo y mi madre cuando yo tenía ocho años –retorció el medallón en sus dedos y miró a Belle. Sus ojos… Al fin sabía por qué le resultaban familiares. Porque eran los ojos de su madre–. ¿Cómo es posible?

Belle alargó los brazos y la tomó de la mano.

–Tienes el apellido de John… Rose. Tu abuelo y yo fuimos amantes. Él era mayor, pero yo no sabía que estaba casado. Creía que me amaba… Hasta que me quedé embarazada. Mis padres me desheredaron y no tenía a nadie. Estaba desesperada. La mujer de John, Nola, tu abuela, no podía tener hijos, así que John se quedó con la niña a condición de que yo no tuviese contacto con ella. Legalmente la niña les pertenecía a él y a Nola. Firme un documento renunciando a mi hija.

–Belle… ¿Cómo pudo hacerte eso?

–Yo no tenía muchas opciones y decidí que Samantha estaría mejor con ellos. John me ofreció esta casa como pago.

–Pero mi madre sabía que esta casa había pertenecido a la familia de su padre.

–Bueno… –Belle sonrió–. Supongo que ahí

John metió la pata. O quizá fue su orgullo. Era un hombre muy rico y le encantaba alardear de su fortuna.

No solo alardeaba, sino que se valía de su riqueza para seducir a jóvenes bonitas e ingenuas como Belle. La invadió un odio visceral a su abuelo, por engañar a su esposa y por apartar a su abuela de su madre.

–¿Sabías todo esto antes de irte?

–Sí –Belle dejó de sonreír–. Cuando vi tu anuncio en el periódico me llamó la atención tu apellido. Pero, Eloise… –hizo una pausa–. Eloise era el nombre de la madre de tu abuelo.

–Lo sé. Y lo odio. Lo puse en aquel anuncio porque me pareció que sonaba más profesional y que atraería a más clientes. Pero no sé si funcionó.

–Funcionó conmigo –le aseguró Belle, sonriendo de nuevo–. ¿Prefieres que te llame Ellie?

–Por favor.

–Ellie, entonces –juntó las manos en el regazo–. El caso es que el nombre me hizo pensar. Indagué en la historia familiar de John y me llevé una sorpresa, porque no sabía nada del accidente ni de que yo tuviese una nieta. Créeme, querida, si lo hubiera sabido hace años…

–¿Por eso me contrataste? ¿Para conocerme?

Belle asintió lentamente.

–Después de tantos años no sabía si tenía derecho a volver tu vida del revés. De modo que fui a ver a la hermana de tu abuelo, Miriam, ya que era una de las pocas personas que conocían la historia.

–Mi abuelo nunca me dijo que tuviera hermanas.

–Porque Miriam nunca volvió a hablarle después de lo que hizo –respiró profundamente–. Ellie, necesito saber si… hice lo correcto. Tu abuela seguramente fue una persona muy importante en tu vida.

–Lo fue, pero de eso hace mucho tiempo –la abuela que había conocido estaba muerta, y de repente tenía a Belle. Era un milagro–. Sí, Belle, hiciste lo correcto –se inclinó para agarrarle las manos–. Aunque me llevará tiempo hacerme a la idea. Hace mucho que estoy sola y… –una terrible duda la asaltó–. Si Matt es tu sobrino y yo soy tu nieta…

–Matthew no es mi sobrino biológico. ¿No te lo ha dicho él?

–No –respiró aliviada–. En ese tema es como un libro cerrado.

Belle asintió, pensativa.

–Parece que habéis intimado mucho mientras yo estaba fuera.

Ellie bajó la mirada a las manos entrelazadas.

–Es agua pasada.

–¿Por qué?

–Para empezar, él vive en Sídney. Y no es el tipo de hombre que quiera tener algo serio con una sola mujer.

Belle guardó silencio unos segundos.

–Matthew ha estado trabajando en Sídney varios meses, pero su sede está en Melbourne. Dime, Ellie… ¿qué sientes por él?

Ellie se mordió el labio, pero era incapaz de contener las lágrimas.

–Es el hombre más… –sacudió la cabeza, incapaz de expresar el torrente de emociones que Matt le despertaba: amor, felicidad, dolor, frustración–. Haría cualquier cosa por ti, Belle. Es un hombre fiel y leal.

–Y lo es para siempre, una vez que te has ganado su confianza. Pero no has respondido a mi pregunta.

–Lo quiero –confesó ella–. He intentando impedirlo con todas mis fuerzas, pero… –ahogó un sollozo, se frotó las lágrimas e intentó sonreír–. Lo superaré.

–¿Por qué quieres superarlo?

–Porque él solo quiere una aventura.

–Si te ha dado esa impresión es porque Matt ha sufrido mucho con las personas que traicionaron su confianza.

–No es una impresión, Belle. Me lo dijo muy claramente y yo fui tan tonta para creer que no me afectaría.

–Esta mañana lo he visto mirarte con una expresión que nunca había visto en sus ojos.

Ellie se levantó. Si no se marchaba enseguida seguiría llorando desconsoladamente.

–Todo esto me abruma. Quiero quedarme y aclararlo todo, pero tengo que ir a casa a cambiarme para una entrevista en Healesville –le habló a Belle del trabajo temporal y le aseguró que acabaría su huerto. Belle le ofreció su coche para que pudiera quedarse en Melbourne con ella en caso de que le ofrecieran el trabajo de Healesville.

Las dos sellaron el acuerdo con un efusivo abrazo de cariño y confianza entre abuela y nieta.

Debería estar haciendo el equipaje, pues el avión salía a las dos de la tarde. Pero en vez de eso estaba descargando su frustración con la pala en la maleza del huerto.

–Matthew, ¿estás buscando petróleo?

Dejó de cavar y se secó el sudor de la frente antes de volverse hacia Belle, quien lo miraba fijamente cruzada de brazos.

–¿Dónde está Ellie? –el nombre le raspó la garganta como papel de lija.

–Se ha marchado hace diez minutos –se volvió y echó a andar hacia la casa sobre la hierba mojada–. Vamos adentro. Tenemos que hablar.

Se sentaron en el salón y Matt olió la fragancia a fresas que seguía impregnando el aire.

–Háblame de Ellie –le pidió Belle.

–No hasta que sepa lo que está pasando.

–Eso es algo entre Ellie y yo, al menos por ahora.

–Pero me dijiste que…

Belle levantó la mano para hacerlo callar. Era la única persona que ejercía autoridad sobre él.

–Lo prometí, lo sé. Y te lo contaré. Cuando tenía diecinueve años conocí al hombre del que te hablé, el hombre al que amaba… Tuvimos una hija juntos.

–Belle… –empezó, pero ella sacudió la cabeza.

—En vez de escuchar a mi corazón hice caso a lo que los demás me decían. La di en adopción… y desde entonces no he pasado un solo día sin arrepentirme.

Matt se inclinó hacia ella para agarrarla de las manos.

—Lo siento.

Ella le apretó los dedos y lo miró fijamente a los ojos.

—Lo que intento decirte, Matthew, es que a veces hay que tomar decisiones difíciles. Decisiones que te cambian la vida. A veces son decisiones acertadas, a veces no. Pero siempre has de hacer lo que te dicta tu corazón, no lo que los otros te digan… De lo contrario, puedes arrepentirte el resto de tu vida… como me ha pasado a mí. Así que dime, ¿qué vas a hacer con Ellie? Si la quieres, la decisión es muy fácil.

Querer… ¿Sería amor lo que le abrasaba el alma y le encogía el corazón? Él no creía en el amor romántico y volátil, pero sí quería a Belle. Su amor por ella era sólido como una roca. Quería a la persona honesta, franca y maravillosa que era por dentro y por fuera.

Lo mismo que admiraba en Ellie… No, no lo que admiraba. Lo que amaba de Ellie. La clase de amor que nunca se desvanecería. La clase de amor que duraría para siempre.

Belle había tomado todas sus decisiones confiando en su voz interior. Y eso la había llevado a arriesgarse con un chico difícil y arisco que arrastraba un turbio pasado. Lo mismo que esperaba de él en esos momentos. Que se arriesgara a obedecer los dictados de su corazón.

–¿No vas a contarme por qué he tenido que quedarme aquí toda la semana, como me prometiste?

–Antes hay algo que debes hacer. Ellie se marcha a Healesville esta tarde. El autobús sale a la una en punto.

–¿A Healesville? ¿Por qué? –Matt miró su reloj. No le quedaba mucho tiempo–. Gracias, Belle –la besó de camino a la puerta.

A Ellie la cabeza seguía dándole vueltas con los sucesos de aquella mañana. La confesión de Belle, el rechazo de Matt…

Presentó su billete y se subió al autobús, que ya estaba casi lleno. Ocupó un asiento en la parte delantera, junto a una mujer rolliza de mediana edad que olía a caramelo. Ellie le sonrió y cerró los ojos para atajar cualquier intento de conversación. El murmullo del motor vibraba bajo su trasero, los pasajeros hablaban, el conducto de ventilación expulsaba una refrescante corriente de aire sobre su rostro, ayudándola a relajarse por primera vez desde que se levantó de la cama.

Cómo había cambiado su vida desde aquella mañana. De repente tenía una abuela. Su familia… Una parte de ella quería olvidarse del trabajo en Healesville y volver con Belle, abrazarla y decirle todo lo que había querido decirle a su madre. Necesitaba estar cerca de su abuela, quería aceptar la propuesta que le había hecho para vivir con ella. Y se lo merecía.

Pero su abuela tenía un sobrino llamado Matt... ¿Cómo iba a soportar su presencia cada vez que él fuera a visitar a Belle?

—... tengo que hablar con ella.

—... no puedo dejarlo subir sin billete, señor.

El tono familiar e impaciente, y el revuelo que provocaba en la parte delantera del autobús, la sacaron de sus divagaciones. Estiró el cuello para mirar por encima de los asientos.

—Solo será un momento —la voz de Matt se elevaba sobre el ruido del motor.

Su alta y voluminosa figura bloqueaba la entrada. Tenía el pelo pegado a la frente, un par de cascos de motorista en una mano y un ramo de lirios azules en la otra.

A Ellie se le comprimió el corazón. ¿Cómo podía saber que eran su flor favorita?

—Alguien está a punto de tener mucha suerte —murmuró la mujer sentada a su lado.

Entonces Matt posó en ella sus ojos.

—Yo no estaría tan segura —que lo amara no significaba que fuera a rendirse a sus encantos solo porque él así lo quisiera. Ni hablar.

Matt se acercó a ella en dos largas zancadas.

—Ellie. Baja del autobús, por favor. Quiero hablar contigo.

—No. Lo que tengas que decirme puedes decirlo aquí.

Matt frunció el ceño y todos los pasajeros contuvieron la respiración. Soltó las flores en su regazo y se pasó la mano libre por el pelo.

–Ven conmigo y aclaremos esto.

–No hay nada que aclarar. Esta mañana lo dejaste todo muy claro.

Él apretó los labios y se agarró con fuerza al asiento delante de Ellie.

–¿Otra vez vas a escaparte y a comportarte como una insensata? Porque…

–¿Perdona? Si mal no recuerdo, fuiste tú quien se escapó a Sídney.

–No puedes irte… No has acabado el huerto de Belle.

–Eso ya no te concierte.

–Dame otra oportunidad, Ellie.

La súplica le llegó al corazón, pero se obligó a no ceder.

–Y si no te la doy, ¿qué? ¿Vas a arrastrarme contra mi voluntad, como la última vez?

–No si yo puedo impedirlo –intervino la mujer sentada junto a Ellie, poniéndole una mano protectora sobre la suya.

–Señor, si no compra un billete tendrá que abandonar el autobús inmediatamente –le avisó el chófer.

–Maldita sea, Ellie… Te deseo.

La expresión suplicante de sus ojos casi fue su perdición. Pero a ella ya no le bastaba con el deseo. Necesitaba un compromiso total y duradero. O todo o nada.

Y para ser sincera, las dos perspectivas la aterrorizaban por igual. Se había jurado que nunca volvería a rendirse a otro hombre, pero al imaginarse la vida sin Matt se sentía terriblemente sola y desdichada.

Bajó la mirada a las flores. A menos que él le ofreciera lo que necesitaba, no tenía intención de faltar a su entrevista de trabajo.

—Señor, si no baja inmediatamente llamaré a la policía.

Matt permaneció inmóvil unos segundos que parecieron interminables.

—Volveré —dijo, y se dio la vuelta para marcharse, dejando el olor a cuero tras él.

Ellie apoyó la cabeza en el respaldo y perdió la vista en el asiento que tenía delante. Le ardían las mejillas y el cuello al sentir las miradas de los demás pasajeros fijas en ella.

—Soy Flo —se presentó su improvisada protectora, sacando una novela de amor y un paquete de celofán del bolso—. Un joven muy tenaz, ¿eh? —le ofreció el paquete—. ¿Una golosina?

—No, gracias, a no ser que lleven brandy.

Flo se rio.

—Hombres... Siempre queriendo salirse con la suya. Pero este parece que vale la pena. Yo de ti me lo pensaría dos veces.

Desenvolvió una golosina y se la metió en la boca antes de abrir el libro.

Capítulo Quince

Al llegar a la estación de autobuses de Healesville, Ellie vio la moto de Matt aparcada frente a los pequeños comercios y el corazón se le volvió a acelerar.

La puerta del autobús se abrió con un resoplido. Los pasajeros empezaron a bajar. Ellie esperó a que hubieran salido casi todos y se levantó, dejando pasar primero a Flo. La mujer se volvió hacia ella en el estrecho pasillo y le sonrió.

–Dale una oportunidad, ¿eh?

Ellie respondió con un débil murmullo y salió del autobús con las flores, la bolsa y la cartera.

Vio a Matt junto al autobús, con los hombros hundidos y las manos en los bolsillos de la chaqueta. Al verla, agarró los cascos que tenía junto a las botas y echó a andar hacia ella. Viéndolo acercarse, con la emoción brillando en sus ojos, quiso correr hacia él y abrazarlo para no soltarlo jamás. Pero permaneció donde estaba.

–¿Para qué has venido a Healesville, Ellie? –le preguntó al llegar junto a ella.

–Para solicitar un empleo.

–¿Un empleo? –relajó visiblemente los hombros, pero frunció el ceño–. ¿Aquí? Te pasarás la mitad del día en la carretera. Yo te ayudaré a encontrar algo en la ciudad.

–No, Matt. Yo busco lo que necesito, y ahora estoy aquí para ver si este trabajo me convence. El contrato solo es para cuatro semanas.

–¿Y dónde es?

–En una pensión a diez minutos de aquí –señaló la carretera de Maroondah–. Tú vas a volver a Sídney –le recordó ella, sin mirarlo. Se abrazó a la cartera y a las flores mientras echaban a andar hacia una calle tranquila y bordeada de hierba.

–Solo estaré allí un par de semanas. No me gustan las relaciones a distancia.

Ella lo miró de reojo, como diciéndole que a él no le gustaban las relaciones de ningún tipo.

Y no se equivocaba. Hacía mucho, mucho tiempo que no tenía algo serio con una mujer.

Ellie anhelaba amar y que la amaran. Después de lo sucedido aquella mañana no le extrañaría que no quisiera nada entre ellos. Pero él tenía que convencerla de lo contrario.

Se detuvieron frente a una casita de paredes amarillas y remates azules. No había duda de que el jardín necesitaba cuidados urgentes.

–Espérame aquí –dijo ella en la verja. Le dejó las flores y subió por el camino hasta la puerta. Matt la oyó hablar con alguien y luego oyó cómo se abría y cerraba la puerta.

Momentos después reapareció con una pareja de ancianos. Se pasearon por el jardín mientras Ellie tomaba notas. Al acabar se despidió de la pareja, que volvió a entrar en la casa, y ella volvió junto a Matt.

—No puedo creerlo —le dijo con voz jadeante—. Empiezo dentro de dos días. Es el proyecto más importante al que me he enfrentado. Él le puso un dedo en los labios.

—Ellie.

—Hoy ha sido un día… —se calló y miró a lo lejos.

Matt vio su oportunidad y la aprovechó.

—Vamos a sentarnos —dijo, indicándole un banco de hierro forjado junto a unos arbustos.

A Ellie la invadieron los nervios. Sabía que tenía que escuchar lo que Matt tuviera que decirle.

—Estoy demasiado nerviosa para sentarme —dijo mientras dejaba las bolsas en el banco—. Quiero correr.

—Más tarde. Ellie… —la miró con unos ojos cargados de sentimiento—. No sé qué pasa entre tú y Belle. Ella no quiere decírmelo. Pero no me importa. Lo que me importa eres tú. Tú y yo —le sujetó el rostro y le clavó una mirada tan penetrante que le llegó hasta el alma—. ¿Hay un tú y yo, Ellie?

Matt vio el conflicto de emociones en sus ojos y agachó la cabeza para besarla en los labios. Apenas fue un ligero roce, pero en el fondo era una promesa para toda la vida.

—Creo que me sentaré —dijo ella, y se dejó caer en el banco.

Pero en vez de sentarse a su lado, Matt permaneció de pie y se quitó la chaqueta.

—¿Se puede saber qué haces? Te vas a congelar.

–Lee –la instó él, y el corazón le dio un vuelco cuando ella se inclinó para leer lo que llevaba escrito en la camiseta–. No tenía papel… Es un contrato para convertirte en semipropietaria de la casa de Lorne.

–Eso veo –dijo ella lentamente. Se estaba poniendo pálida–. ¿Pero por qué?

Matt se agachó ante ella y tiró de sus flácidas manos para colocárselas en el pecho.

–¿No es evidente? –la besó en las muñecas–. Porque te quiero –las palabras salieron de sus labios con toda naturalidad.

Ellie se quedó boquiabierta. Sus ojos violeta expresaban el mismo amor que él sentía, pero también dolor y miedo. Matt le apretó las manos.

–Anoche no debí dejarte sola, y esta mañana me he comportado como un imbécil. Pero cuando Belle me dijo que te habías marchado, supe que no podía dejarte escapar. Y antes de que digas nada, déjame decirte otra cosa. No he sido honesto contigo y ya es hora de que lo sea. Quiero hablarte de Zena.

–No es necesario…

–Lo es, porque era mi madre. La única familia que tenía. Era el ama de llaves de Belle. Le contó una historia conmovedora, y Belle, siempre tan buena y confiada, nos ofreció una habitación. Una noche mi madre desapareció. Me abandonó… A su único hijo. Cuando se marchó, fue como si una parte de mí se secara y muriera. La parte que confiaba en las personas –cerró un momento los ojos–. Dejé de confiar en la gente porque no quería arriesgarme a volver ese dolor nunca más.

Sintió que las manos de Ellie le apretaban la suya, pero no la miró.

—Belle me acogió, pero necesitó horas y horas de perseverancia, dedicación y amor incondicional para traspasar mis barreras. Finalmente le concedieron mi custodia. No somos parientes, pero para mí es como si lo fuera.

—Eso es lo que importa —repuso Ellie—. El amor es lo que hace una familia.

—Solo he tenido una relación estable en mi vida. Se llamaba Angela y quería todo lo que yo no podía darle —se volvió hacia Ellie y le habló desde el corazón—. No era la mujer que necesitaba a mi lado, la mujer a la que desear y amar. Esa mujer eres tú, Ellie.

—Matt…

—Ya sé que dijiste que no querías echar raíces ni formar una familia. Yo tampoco quería, hasta que te conocí. Quiero que tengas un hogar y quiero compartirlo contigo —la besó en la barbilla y la frente—. Quiero casarme contigo y pasar el resto de mi vida a tu lado.

Ella se quedó callada tanto rato que Matt pensó que no iba a responder.

—Matt… —suspiró finalmente—. Yo también quiero todo eso. Siempre he vivido con miedo. Cada vez que me acercaba a alguien, lo perdía. Todas las personas a las que llegaba a querer, me abandonaban de un modo u otro. Pero ¿sabes qué? —se giró y lo miró con un brillo de determinación en los ojos–. Estoy cansada de vivir así. Estoy cansada de tener miedo a que se repita el pasado y a no atreverme a ser feliz.

–Te prometo, Ellie, que nunca te dejaré. Estaré a tu lado hasta que me quede un hálito de vida en el cuerpo –la agarró por los brazos.

–Yo también te quiero, Matt. Eres el hombre más fiel y generoso que conozco. Eres honesto, trabajador y…

–Tú también lo eres, cariño –la interrumpió él–. Y algún día quiero que me des hijos.

–¿Hijos? –sus ojos se abrieron como platos–. ¿Quieres hijos?

–Solo contigo. Y cuando sea el momento –la besó con tanto amor y pasión que llenó su vacío interno de esperanza y vida.

–Pero yo quiero trabajar –dijo ella cuando se separaron para respirar–. Es muy importante para mí.

–Puedes trabajar todo el tiempo que quieras. Yo te ayudaré en lo que pueda, decidas lo que decidas. De hecho, voy a necesitar una jardinera para mi jardín delantero.

–¿Ah, sí? –sonrió. Tenía las mejillas sonrosadas por el frío del invierno y el calor de la felicidad–. Quizá yo pueda hacer algo…

Él se levantó y tiró de ella para abrazarla.

–Vamos a casa a decírselo a Belle.

–Belle… Sí –le echó los brazos al cuello y volvió a besarlo–. Y luego ella y yo tendremos algo que decirte…

Epílogo

Dos meses después

La boda se celebró en casa de Belle. Ellie lucía un vestido color crema, con perlas y sin tirantes, y una corona de flores primaverales. El ramo lo había diseñado ella misma: una aromática selección de fresias y lirios atados con una amplia cinta morada.

Belle, vestida de azul claro, la llevaba del brazo. Y Yasmine, impresionante con su vestido esmeralda, era la única dama de honor. Su novio había llegado de Queensland el día anterior para hacer de padrino.

Después de la ceremonia compartieron el banquete con los amigos y colegas de Matt, quienes ya eran también los amigos de Ellie. No se había escatimado en gastos. Plata, cristal, caviar, champán y flores, muchas flores. Una tarta de tres pisos ocupaba el centro del comedor mientras un violinista, un flautista y arpista interpretaban una pieza clásica tras otra.

—Señora McGregor —la llamó una voz profunda y sensual tras ella al tiempo que una mano grande y fuerte se deslizaba alrededor de su cintura.

—¿Sí, señor McGregor? —sonrió y ladeó la cabeza para exponer su cuello.

Él le mordió el lóbulo de la oreja, con mucho cuidado para evitar los pendientes de diamante que le había regalado el día anterior.

–Tengo algo para ti.

–Ya me doy cuenta –murmuró al sentir la dureza de su erección apretada íntimamente contra el trasero–. Pero tendrás que esperar un poco. Tenemos invitados y no creo que Belle apruebe que nos esfumemos antes del baile.

–No, no lo aprobaría –Matt se rio–. Pero no me refería a eso –la hizo girarse y le puso un cilindro en la mano–. Estos son los planos definitivos para las reformas del centro. Las obras comienzan la semana que viene.

–¡Oh, sí, sí, sí! –sostuvo el cilindro en alto y dio unas vueltas de alegría–. Gracias, muchas gracias –dejó de sonreír al mirarlo a los ojos con todo el amor que podía sentir–. Matt McGregor, eres el mejor marido del mundo. Y te quiero con locura. Ahora y siempre.

–Siempre –repitió él, y selló su promesa con un beso ardiente y prolongado.

Siempre.

Un baile con el jeque

TESSA RADLEY

Una escapada inesperada y llena de pasión a Las Vegas con un jeque era algo impensable para la sensata Laurel Kincaid. Siempre había hecho lo que se esperaba de ella y eso le había generado un estrés tremendo. Por eso decidió ceder a la tentación y marcharse a Las Vegas con el atractivo Rakin Whitcomb Abdellah.

Rakin era tan irresistible que cuando le pidió que se casara con él para poder recibir su herencia, le dijo que sí. Lo que ninguno de los dos esperaba era que ser marido y mujer fuese tan excitante, y de pronto las reglas de ese matrimonio de conveniencia empezaron a parecerles un estorbo.

*Nunca una escapada
tuvo tales consecuencias*

¡YA EN TU PUNTO DE VENTA!

Acepte 2 de nuestras mejores novelas de amor GRATIS

¡Y reciba un regalo sorpresa!

Oferta especial de tiempo limitado

Rellene el cupón y envíelo a
Harlequin Reader Service®
3010 Walden Ave.
P.O. Box 1867
Buffalo, N.Y. 14240-1867

¡Sí! Por favor, envíenme 2 novelas de amor de Harlequin (1 Bianca® y 1 Deseo®) gratis, más el regalo sorpresa. Luego remítanme 4 novelas nuevas todos los meses, las cuales recibiré mucho antes de que aparezcan en librerías, y factúrenme al bajo precio de $3,24 cada una, más $0,25 por envío e impuesto de ventas, si corresponde*. Este es el precio total, y es un ahorro de casi el 20% sobre el precio de portada. !Una oferta excelente! Entiendo que el hecho de aceptar estos libros y el regalo no me obliga en forma alguna a la compra de libros adicionales. Y también que puedo devolver cualquier envío y cancelar en cualquier momento. Aún si decido no comprar ningún otro libro de Harlequin, los 2 libros gratis y el regalo sorpresa son míos para siempre.

416 LBN DU7N

Nombre y apellido	(Por favor, letra de molde)	
Dirección	Apartamento No.	
Ciudad	Estado	Zona postal

Esta oferta se limita a un pedido por hogar y no está disponible para los subscriptores actuales de Deseo® y Bianca®.
*Los términos y precios quedan sujetos a cambios sin aviso previo.
Impuestos de ventas aplican en N.Y.

SPN-03   ©2003 Harlequin Enterprises Limited

Bianca.

Lo que tocaba lo convertía en oro...

Drake Ashton sobrevivió a una infancia carente de cariño y de cualquier privilegio para terminar convirtiéndose en un arquitecto famoso en el mundo entero. Con una casa en Mayfair y dinero más que suficiente para comprar todo lo que pudiera desear, había conseguido dejar atrás su pasado. Hasta que tuvo que regresar a la localidad en la que nació... Layla Jerome se había visto atrapada antes por el lado más oscuro de la riqueza, por lo que un hombre con dinero no bastaba para impresionarla. Por lo tanto, cuando Drake se presentó en su pequeña ciudad como la personificación misma del rey Midas, se mostró decidida a no dejarse seducir.

Marcado por su pasado

Maggie Cox

En el lugar de su hermano
ELIZABETH LANE

Durante tres años, Angie Montoya había ocultado a su hijo a la familia de su difunto prometido… hasta que el hermano de este, Jordan Cooper, los encontró y exigió que se mudasen al rancho familiar en Santa Fe.

Abrumado por el sentimiento de culpa desde la muerte de su hermano mellizo, Jordan buscaba redimirse criando a su sobrino, pero Angie hacía renacer en él un deseo que solo ella podía satisfacer.

Jordan sabía que solo había una condición para que fuese suya: que nunca descubriese la verdad sobre él.

¿Cómo iba a vivir con el hombre cuyo único beso no había olvidado nunca?

¡YA EN TU PUNTO DE VENTA!